아이 앞에서는 핸드폰 안 하려구요

나의오늘 002

아이 앞에서는 핸드폰 안 하려구요

초판 1쇄 발행 2020년 11월 25일

지은이 김해연
편집인 옥기종
발행인 송현옥
펴낸곳 도서출판 더블:엔
출판등록 2011년 3월 16일 제2011-000014호

주소 서울시 강서구 마곡서1로 132, 301-901
전화 070_4306_9802
팩스 0505_137_7474
이메일 double_en@naver.com

ISBN 978-89-98294-96-0 (03810) 종이책
ISBN 978-89-98294-97-7 (05810) 전자책

아이 앞에서는 핸드폰 안 하려구요

김해연 지음

더블:엔

{나의오늘} 시리즈를 편집하며…

평범하게 보통의 삶을 살고 있는 많은 '나'에 관한 글들을 시리즈로 출간하고 있습니다. 오래된 기획이 아니라 재밌겠다 싶어 시작했습니다.

평범한 삶, 보통의 삶이란 게 있을까 싶긴 하지만, (우리 인생은 모두 특별하며 소중하니까요) 방송인이나 유명인사가 아니라는 점에서 평범한 우리 옆집 언니 동생들의 이야기를 풀어내고 싶었습니다. 편집하며 편집자가 위로받는 책을 만들고 있습니다. 작은 출판사 더블엔과 잘 어울리는 시리즈 '나의오늘' 은 이렇게 출발했습니다.

첫 책은 '별일 없는 게 별일'인 전직 기자 김수정 작가의 소소한 일상 에세이 《나는 나와 사이가 좋다》입니다. 휴직 중인 수학교사의 고군분투 육아이야기와 발레 예찬이 버무러진 이 책 《아이 앞에서는 핸드폰 안 하려구요》는 두 번째 책입니다. 버스에 치여 온몸이 골절된 31살 취업준비생 장채원 작가의 마음재활 에세이 《이왕 살아난 거 잘 살아보기로 했다》, 5년의 경력공백을 극복하고 워킹맘이 된 김여나 작가의 《경력전환 그녀의 슬기로운 사회생활》, 결혼도 일도 뭐든 조금씩 늦게 가는 더블엔 송현옥 편집장의 《50에는, ○○○》, 두 아이와의 제주살이를 (코로나 덕분에 일찍?) 시작한 엄마의 도시적 제주생활 이야기, 여행작가에서 웹소설 작가로 변신한 엄마여행자의 이야기 등이 계속해서 출간을 기다리고 있습니다.

뭔가에 지쳐 자신을 돌아볼 겨를이 없는, 그래도 자신의 존재가치를 믿으며, 충실히 하루를 살아내는 30~50대 여자, 사람, 엄마들에게 추천합니다. (20대, 60대도요!!)

- 편집장 송현옥

프롤로그

저는 두 아이의 엄마이자 육아휴직 중인 고등학교 수학 교사이며 핸드폰 중독자입니다.

첫째를 낳고 엄마가 된 것이 얼떨떨했습니다. 누워서는 10분도 안 자는 초절정 예민 아기와 6개월을 씨름하던 중, 건강하시던 친정아버지가 갑자기 뇌졸중으로 쓰러져 지금까지 누워 계십니다. 처음에는 아버지가 돌아가실까 두려워 핸드폰을 손에 꼭 쥐고 있었습니다. 눈앞 세상은 눈물짓는 일이 가득했지만 핸드폰을 보면 현실을 잊어버리고 웃음이 났습니다. 그러다 결국 하루의 대부분을 스마트폰만 바라보게 되었습니다. 아이들과 눈을 맞추고 이야기를 나누는 대신에, 건성건성 대답하며 늘 핸드폰에 한눈을 팔고 있는 엄마가 되어버렸습니다.

얼마 남지 않은 금쪽같은 육아휴직 기간에 핸드폰만 쳐다보며, 아이들이 엄마 찾는 소리에는 귀찮음으로 대꾸하는 제가 한심했습니다. 아무리 봐도 이건 아니다 싶어 '아이 앞에서라도 휴대폰 사용하지 않기'를 결심하고, 이를 실천하는 과정을 글로 남겼습니다.

핸드폰 세상을 구경하며 반쯤 누워서 생라면을 오도독 부셔 먹고, 매워서 아이스크림까지 추가로 먹어대던 저는 핸드폰을 내려놓고 취미 발레에 도전하여 다이어트도 성공해서 77 사이즈의 빅 사이즈에서 벗어나 정상체중으로 거듭났습니다. 책을 가까이하고, 운동을 열심히 하는 지금의 삶은 스마트폰으로 즉각적인 재미만 추구하던 예전보다 행복합니다.

스마트폰은 앞으로도 우리를 강렬히 끌어당길 것입니다. 스마트폰이 나쁘다는 게 아니고, 온라인 세상이 중요하지 않다는 것도 아닙니다. 엄청난 기회가 있는 스마트폰은 앞으로도 우리와 지속적으로 함께할 존재이기에 적당한 선을 지키며 이용하자는 겁니다.

저는 단연코 육아 체질이 아닌 데다 아이를 키우는 것이 진심으로 어렵다 보니 육아서적을 100권 넘게 읽었습니다. 하지만 교육전문가들의 책들은 뭔가 가슴으로 느낌이 팍 오지 않았습니다. 저를 변화시키고 행동으로 이어지게 한 책들은 각종 연구, 정보, 지식 빼곡한 전문가들의 조언보다는, 아이들을 키우면서 비슷한 어려움을 겪는 실수투성이 엄마들의 글이었습니다. 마음만 앞서고 현실은 핸드폰을 붙잡고 있었던 감정 컨트롤 실패 대왕 엄마의 도전이 비슷한 어려움 속에서 전쟁을 치르는 누군가에게도 행동으로 이어지는 작은 불씨가 되면 좋겠습니다.

"성격이 팔자가 되고 습관이 운명이 된다"라는 말을 들어보셨나요? 사소하지만 사소하지 않을 핸드폰 사용 습관의 변화가 엄마와 아이 모두의 미래에 긍정적인 운명으로 작용하길 바랍니다.

"나의 오늘이
더 재밌어진
얘기가 시작됩니다"

차 례

프롤로그 • 6

Part 001

나는 스마트폰 중독 엄마입니다

나는 스마트폰 중독자입니다 • 17

부질없는 전문가 • 23

감정 컨트롤도 못하는 못난 엄마 • 25

교원임용시험 합격 비결을 되새기다 • 29

10년 후의 내가 지금의 나에게… • 35

강남, 강북, 서울 그리고 스마트폰 세상 • 39

빌 게이츠, 스티브 잡스의 자녀들 • 44

수학교사가 바라는 미래의 내 아이들 • 48

Part 002

핸드폰을 내려놓고 다이어트도 성공했습니다

77 사이즈 비만 엄마, 발레를 시작하다 • 59

재밌는 발레를 왜 유튜브로 보고 있는지… • 67

한 치 앞을 몰랐던 그 시절 • 72

미안해요, 나는 못해요 • 75

나, 발레하는 여자랍니다 • 79

나의 오늘 • 85

핸드폰을 내려놓았더니 다이어트도 성공했다 • 89

Part 003 ●

검색 말고 사색하는 엄마 어때요?

잃어버린 내 '청춘'과 '출산, 육아'는 인과관계? • 97

5등급? 고민과 각오 • 103

공부는 왜 하지? • 109

과연 나를 위한 중독인가? • 116

검색 말고 사색합시다. 특히 육아 열등생들! • 120

슬프게도 육아 소질 무 • 125

우리나라 만화와 서브리미널 효과 • 133

'내가 더 힘들어' 배틀에서 빠져나오기 • 139

남편과 핸드폰 • 143

책 속에서 발견한 이과 문장들 • 147

Part 004 ●

정지신호가 없는 위험한 세계에서 탈출했습니다

단체 채팅방 벗어나기 • 153

온라인 쇼핑을 끊을 수 있을까 • 158

옷 안 사고 살아보기 중간점검 • 165

스마트폰 중독을 책 중독으로 대체하다 • 172

아이 앞에서 핸드폰 안 하기, 망했다 • 179

아이 앞에서 핸드폰 안 하기, 또 망했다 • 182

내가 망한 이유를 귀인 이론으로 분석해보다 • 186

나란 인간, 역시는 역시인가 • 191

오늘의 내가 늦게 자면 내일의 내가 힘들다 • 195

불안도 나눌수록 커진다 • 200

정지신호가 없는 세계 • 206

스마트폰이 왜 중독인가요? (ft. 고등학생) • 212

아이 앞에서 핸드폰 안 하기 도전 1년, 결론은 ing • 217

에필로그 • 226

PART 001

나는 스마트폰 중독 엄마입니다

나는 스마트폰 중독자입니다

출산 후 나를 반겨주는 오프라인 세상은 없었다. 계속 칭얼대는 아이를 데리고는 친구를 만나도, 쇼핑을 해도, 커피숍에 가도 눈치가 보였다.

첫째는 지독하게도 잠을 안 잤다. 5살이 되기 전에는 엄마들 사이에 흔히 풀(full)잠이라고 부르는 밤부터 아침까지 깨지 않는 잠을 잔 적이 맹세코 단 하루도 없었다. 매일 자다 깨다 울다를 무한반복했다.

온갖 수면교육을 했으나 실패했다. 책이라고는 멀리하던 내가 수면교육 책만 10권 이상 읽었다. 전문가와의 상담도 의미가 없었다. 호르몬 같은 것에 문제가 있나 싶어 대학병원에서 피를 잔뜩 뽑아 검사도 했다. 주변에서 독하게 일주일만 울려보라고 조언해주어서 독하게 한 달을 울려봤는데, 실패했다. 윗집 아주머니가 아동학대로 신고를 할까 고민했다고 말할 정도였다. 울리고, 달래고, 음악을 틀고, 수면 의식을 하고, 목욕을 시켰으나 무슨 수를 써도 통하지 않았다.

게다가 아토피였다. 아이를 업거나 안고 서서 뛰는 것이 아니라면, 잠투정에 짜증이 난 상태로 무지막지하게 긁어서 아이는 피투성이가 되었다. 이불, 베개에 묻어 있는 피를 보는 내 마음은 무너져갔다.

피가 심하게 난 날, 수면교육을 때려치웠다. 남편과 교대로 두 시간씩 아이를 안고 서서 뛰었다. 뛰다가 멈추기라도 하면 바로 깼다. 등 센서에 움직임 센서까지 장착한 잠투정 지수 최강 아기가 우리 집에 있었다. 밤새 아이를 안고 뛰는 그 엄청난 짓을 딱 2년 채우고 나서야 아이는 누워서 자기 시작했다. 그때부터는 어제는 밤에 다섯 번, 여섯 번 깼다며 말할 수 있음에 감사하는 날들이 이어졌다. 물론, 누워 자더라도 5분, 10분 단위로 깨다 보니 몇 번을

깼는지 셀 수 없는 날이 더 많았다. 아이도 잠을 깊이 자지 못하니, 하루 종일 피곤해했다. 잠투정이 어마어마했다. 유모차라도 태우면 엄마가 자기를 버린 듯 심하게 울부짖어서 지나가던 할머니들도 아이가 어디 아픈지 살펴보라고 한소리씩 하셨다. 나에게 선택은 두 가지뿐이었다. 아기띠를 하고 서 있거나, 포대기를 하고 서 있거나.

친정아버지가 갑자기 뇌졸중으로 쓰러지셨다. 불과 두 달 전 건강검진에서 신체 나이가 40대라며 좋아하시던 아버지는 갑자기 하루아침에 뇌병변 1급 장애인이 되셨다. 아버지는 혼자서 아무것도 하실 수 없다. 나도 어린아이를 데리고 아무것도 할 수 없었다.

엄마는 당신이 애지중지 키우신 외동딸인 내가 아버지의 똥오줌을 받아내는 것을 기어코 거부하셨다. 너라도 웃으며 살아야 한다고 하시며 아버지를 혼자서 감내하셨다. 마음에서 피눈물이 났다. 매일 아빠가 벌떡 일어나시는 꿈을 꾸었다. 깨고 나면 지옥이었다.

아빠가 돌아가시기라도 할까 봐 두려워하며, 더욱 핸드폰을 손에 꼭 쥐고 있었다. 나를 평생 든든하게 지켜주던 지붕이 갑자기 휘청해서 떨어질 지경이라 그 지붕을 나의 팔로 받쳐서 위로 올리고 있는 것 같았다. 그 무게가 마음을 짓눌렀다. 우울증이 찾아왔다. '현관문을 열고 있으면 도둑이 들어와서 나를 죽여주지 않을까?' 라는 생각을 하기도 했다. 그 와중에도 첫째는 길어야 15분을 자면서 계속 안아달라고 울어댔다.

아이를 등 뒤로 업으면 그나마 두 손이 자유로웠다. 그렇게 하루 종일 핸드폰을 붙잡았다. 눈 앞 세상은 눈물짓는 일이 가득했지만 핸드폰을 보면 현실을 잊어버릴 수 있었다. 연예, 스포츠 기사, 웹툰을 보다 보면 하루가 빨리 지나갔다. 특히 인터넷 쇼핑이 신났다. 분명 예전에는 나도 입고 다녔을 것이 분명한 이쁜 옷들을 구경했다. 언젠가는 나도 이런 옷을 입고 다시 사회로 나갈 수 있겠지 싶어서 두근거렸다. 유일하게 설레었다. 하루 종일 쇼핑몰만 들락거리니 옷도 계속 샀다. 신체적 정신적으로 괴로우니 이 정도쯤은 나를 위한 선물이라고 스스로 합리화했다.

아이가 어린이집을 가면서 아는 동네 아줌마들이 생겼

눈 앞 세상은 눈물짓는 일이 가득했지만
핸드폰을 보면 현실을 잊어버릴 수 있었다.
특히 인터넷 쇼핑이 신났다.
분명 예전에는 나도 입고 다녔을 것이 분명한
이쁜 옷들을 구경했다. 계속 샀다.
신체적 정신적으로 괴로우니
이 정도쯤은 나를 위한 선물이라고 스스로 합리화했다.

다. 모두 갑자기 엄마가 되어 지치고 힘들었을 육아 전쟁 속의 전우들이다. 단체 채팅방을 만들어서 이야기를 나누었다. 따뜻한 마음씨를 가진 좋은 사람들이었다. 우리는 반찬도 서로 나누고 육아정보도 공유했다. 말이 통했다. 유일하게 내 말을 다 공감해 주었다. 나도 그들의 말이 하나부터 열까지 다 이해가 갔다. 그러다 눈뜨는 순간부터 잠들기 직전까지 모든 것을 공유하기 시작했다.

이제 말이 트여 아장아장 걸음으로 다가와서, 함께 놀자고 서툴게 말하는 아이에게 귀찮게 하지 말라며, 매서운 눈빛을 쏘아댔다. 대신 내 마음을 온전히 이해해주는 육아 전우들과 하루 종일 이야기하며 킥킥거렸다. 4년이 넘는 시간을 그렇게 보냈다.

아이는 부모의 등을 보고 자란다고 한다. 핸드폰 중독자인 나의 뒷모습은 얼마나 구부정하고 초라할까. 우리 아이들은 엄마를 뭐라고 생각할까. 콩 심은 데 콩 나고 팥 심은 데 팥 나는데, 나는 우리 아이를 나처럼 핸드폰 중독자로 키울 것이 뻔했다.

부질없는 전문가

'1만 시간의 법칙'이란 게 있다. 어떤 분야의 전문가가 되기 위해서는 최소한 1만 시간 정도의 훈련이 필요하다는 법칙이다. 1만 시간은 매일 3시간씩 훈련할 경우 약 10년, 하루 10시간씩 투자할 경우 약 3년이 걸린다.

나는 이미 하루 5시간 이상 핸드폰을 사용하고 있다. 6년이면 나는 핸드폰 전문가? 어머, 나도 모르는 사이에 핸드폰 전문가가 될 조건을 갖추고 있었다.

하지만 난 최저가 검색도 번번이 실패하고, 핫딜도 꼭 놓친다. 핸드폰을 바꿀 때면 기계 바보가 되어 남편에게 부탁해야 한다. 핸드폰의 새로운 기능도 전혀 알지 못한다.

인터넷 쇼핑 전문가? 쇼핑이야 하지만 그 옷들은 넣어두기만 한다. 솔직히 나는 그저 그런 패션 감각의 소유자다.

맘 카페 전문가인가? 아니다. 맘 카페에 글도 쓰지 않으면서 새로운 글 보느라 계속 왔다갔다만 할 뿐이다. 중고 물품 팔겠다고 마음먹지만 글쓰기가 귀찮아서 판매도 안 한다. 맘 카페라는 곳이 뭐 그리 재미있지도 않은데 왜 들락거리고 있는지 나도 모르겠다.

유튜브 전문가? 유튜브로 본 것을 또 보는 전문가? 그래, 그거인가 보다. 하지만 내가 유튜브 전문가인데 유튜브는 날 알까?

난 도대체 어떤 부분의 전문가란 말인가. 아… 핸드폰 중독의 전문가인가 보다. 20분이면 충분할 화장실 청소는 1주일째 미뤄두고, 우리 둘째가 계속 밟고 넘어지는 유난히 미끄러운 저 퍼즐 조각도 바닥에 그대로 두고, 핸드폰만 손에 붙들고 있다. 살쪘다고 투덜거리며 살쪘으니 맞는 옷이 없다며 반쯤 누운 채로 다시 핸드폰으로 새로운 옷을 또 찾고 있다. 거참, 참으로 부질없는 전문가다.

감정 컨트롤도 못하는 못난 엄마

최악의 저녁을 보냈다. 돌이켜서 다시 하루를 보내고 싶을 정도다. 남편이 외국으로 출장을 간 지 한 달이 넘었다. 아빠 간호로도 바쁜 엄마에게 나는 절대 도와달라고 손 벌릴 수가 없다. 어떻게든 혼자 애 둘을 돌보며 버티고 있었다. 나름 나 혼자서도 애들을 잘 키우고 있다고 조금 뿌듯해하고 있었다.

생각보다 할 만했다. 속은 곪아가고 있었던 걸까? 힘들지 않다고 자부하며 스스로 대견함에 빠져서 무엇인가 놓치고 있었던 걸까? 아니면 나는 원래 이렇게나 감정 컨트롤을 못하며 폭력적인 인간일까?

아이들과 산책을 마치고 귀가했다. 두 아이는 욕조에서 목욕 겸 물놀이를 하고, 나는 바삐 저녁 준비를 하고 있었다. "엄마, 귤 줘~" 아이들의 외침에 귤을 욕조에 던져주었다. 물속에 붕붕 뜨는 귤이 신기한지 아이들은 까르르 웃으며 귤을 먹으면서 잘 놀았다. "귤 또 줘"를 몇 번 반복했다. 세상에서 제일 주기 편한 과일을 잘 먹어주니 그저 흐뭇했다.

한참 동안 조용해서 힐끗 보았다가 경악을 금치 못했다. 첫째가 욕조 안에 똥을 쌌다. 자기는 물이 찝찝하고 더럽다며 욕조 끝으로 올라가서 그 위를 왔다갔다 하며 놀고 있고 둘째는 똥물 속에서 해맑게 귤을 먹고 있었다. 똥이 신기한지 만져대면서.

"으악!" 동네가 떠나갈 듯 소리를 몇 번 지른 후 수습을 하는데 하필이면 망할 공룡 메카드 알이 딱 개수 구멍에 끼어서 아무리 꺼내려 해도 미끌미끌 나오지 않았다. 숟가락, 젓가락, 화장실에서 보이던 휴지 심, 다 써가던 치약의 뒷부분을 이용해도 절대 빠지지 않았다.

엄마는 도저히 못 꺼내겠다, 첫째 네가 손가락이 작으니 공룡 메카드 알을 꺼내보라고 하자 자기는 더러워서 못 꺼낸단다. 똥물 속에서 내내 씨름하고 있던 나는 눈이 뒤집어졌다. 저리 가라며 애를 발로 걷어차 버렸다. 아이가 울자 더럽고 꼴 보기 싫다며 청소하던 샤워기로 첫째한테 물도 뿌려댔다. 결국 꼬리빗 뒤쪽의 뾰족한 부분을 이용해서 공룡 메카드 알을 꺼내고 물건들을 싹 다 버리고 화장실 청소를 하는데 진정이 되지 않았다.

엄마가 너무 화가 나 보였는지 아이 둘은 엄마의 분노의 화장실 청소를 방해하지 않고 조용히 구석에 찌그러져 있었다. 청소와 목욕 후 내내 기운 빠진 채로 저녁을 먹이고 애들을 재우고 나서 지금, 나는 너무 마음이 안 좋다. 눈물이 날 것 같다.

둘째는 어려서 목욕하다가 한 번씩 똥을 싸기도 한다. "괜찮아, 그럴 수 있어" 라며 수습해주던 엄마의 모습이 첫째도 그리웠던 건 아닐까? 나는 남편 없이도 혼자서 잘하고 있다고 생각했지만 돌이켜보니 아이들에게 "엄마 힘들어. 힘이 없어서 못해"를 연발했다. "엄마 힘드시니 저희가 감사하게 생각합니다" 이런 말이라도 듣고 싶었던 건가? 유치하게 7세 4세 아이들한테 위로라도 받고 싶었던 것 같다.

나는 과연 혼낼 자격이 있나? 아이가 무엇을 잘못한 거지? 어른도 팬티에 설사를 지리기도 하는데 첫째도 급해서 물속에 똥을 쌌을 수도 있다. 목욕탕은 미끄러워서 위험한데 아이를 걷어차다니 내가 미친 건가? 이 폭력이 계속되면 어쩌지? 내가 더 폭력적으로 변하면 어쩌지? 걷어차는 거 진짜 안 하고 싶다. 나 스스로가 밉다. 크게 소리 지르고 온갖 분노의 말을 퍼붓는 걸로도 모자라 신체폭력까지 한 나는 진짜 뭐지? 내가 싫다.

분명 다시 반복될 이런 힘든 상황에서 냉정함을 잃지 않는 엄마가 되고 싶다. 그래서 뭐? 이미 둘째는 똥 발린 귤을 먹었고 돌이킬 수도 없는데 난 뭐한 거지?

속상하다. 내내 엄마 힘들다며 어린아이가 알아주기라도 하면 좋겠다는 듯 바라고 투덜거리던 내 모습도 못났고, 폭력적인 내 모습도 참 못났다. 정말 못났다.

교원임용시험 합격 비결을 되새기다

나는 수학교육과를 졸업하고 재수생, 삼수생 시절을 지나 교사가 되었다. 재수할 때 경쟁률이 높은 교원임용 1차 시험에는 합격했지만, 2차에서는 1.3대 1의 낮은 경쟁률을 극복하지 못하고 최종 합격에 실패했다. 합격이 손에 잡히는 듯하다가, 삼수생이 되어 다시 마음을 잡고 공부하는 것이 쉽지 않았다. 공부가 지겨웠다.

학교 도서관에서 꾸역꾸역 공부하다가 내 한 몸으로도 꽉 차던 작은 집으로 돌아오면 컴퓨터가 그렇게 재밌었다. 컴퓨터로 드라마도 보고, 김연아 선수 경기 영상도 보고 또 봤다. 아름다워서 눈물이 나고 자랑스러워서 계속 보고 싫었다. 공부는 하기 싫었다. 반년 넘게 밤마다 컴퓨터를 붙잡고 있었고, 낮에는 피곤해서 늦잠을 잤다.

내가 봐도 또 떨어질 것 같았다. 의지가 부족했다. 컴퓨터 탓도 아닌데, 홧김에 컴퓨터 모니터를 버려버렸다. 임용시험을 치르기 전까지 어쩔 수 없이 컴퓨터를 켜지 못했다. 물론 학교 도서관에도 멀티 학습실이 있었지만 인터넷 강의를 듣고 있는 주변 사람들을 보면, 집에서 홀로 컴퓨터에 한없이 빠지던 것과는 다르게 정신을 부여잡을 수 있었다.

9개월 뒤 나는 꿈에 그리던 신규교사가 되었다. 컴퓨터 모니터를 버리지 않았다면 분명 시험에 합격하지 못했을 것이다. 컴퓨터를 멀리하고 공부에 매진했음에도 불구하고 소수점 차이로 겨우 합격했다. 한 문제라도 더 틀렸으면 떨어졌다. 그 시절 컴퓨터 모니터를 버린 것은 내가 지금껏 제일 잘한 일이다.

지금 아이들과 함께하는 육아휴직 기간은 어쩌면, 고시생이던 그때보다 더 소중한 시간이다. 아이들이 엄마를 가장 뜨거운 눈빛으로 바라보는 시간이다. 엄마! 하고 웃으며 달려오는 것도 몇 년 남지 않았다. 그 귀중한 시간에 지금의 나는 아이들을 귀찮아하며, 핸드폰만 바라보고 있다. 나 지금 뭐하는 짓이지? 이건 아니다.

변하고 싶다. 바뀌자고 다짐했지만 4년이 넘도록 지속된 습관이기에 나는 이번에도 변하지 못했다. 여전히 나는 스마트폰 세상 속에서 대부분의 시간을 보내고, 그외 일상에서는 허둥지둥 살고 있었다.

하루 종일 스마트폰을 보며 낄낄거린 어느 날이었다. 오후에 내 품에 돌아온 아이들을 돌보는 게 이상하게도 힘들었다. 스마트폰을 들고 빈둥대느라 간식도 저녁도 준비하지 못했기 때문에 급히 저녁식사를 준비했다. 징징대며 계속 놀아달라는 첫째를 보니 화가 치밀었다. 첫째는 목욕하는 중에도, 씻고 나서도 내내 징징거렸다. 바닥에 누워서 온몸을 꼬아대며 이리 뒹굴 저리 뒹굴 하며 울고 있었고, 나도 짜증으로 가득 차서 수건을 발로 들어 올리다가 (아이를 낳고 발 기술이 많이 늘었다. 무엇이든 발로 집는다) 움직이는 첫째를 피하지 못하고 첫째 얼굴을, 그것도 눈을 세게 걷어차고 말았다. 실수였다. 그 순간 '징징대더니, 꼴 좋네' 내심 속 시원한 생각이 들었다. 그리고 바로 등골이 서늘해졌다.

내가 내 아이의 눈을 발로 걷어찼다. 세상에서 가장 소중하고 사랑하는 내 딸이다. 내가 아이에게 가한 폭력이 잠시라도 통쾌했다는 사실에 소름이 돋았다. 잠이 오지 않았다. 벌겋게 부어 오른 아이의 눈을 보니 마음이 아팠다. 나 스스로를 곰곰이 돌이켜 보았다.

난 오늘 분명 신체적, 정신적으로 힘들지 않았다. 아이는 평소에도 징징거린다. 목욕 후 배도 고프고 나른해져서 칭얼거리는 것은 아이가 자주 하는 행동이었다. 왜 나는 평소보다 더 화를 냈지? 도대체 뭐지? 실컷 놀았는데, 왜 하루 종일 힘들게 집안일을 했을 때보다 더 화를 내지? 도대체 왜 나는 더 지쳐하지?

핸드폰을 보는 것이 어쩌면 나한테는 휴식이 아니라 노동일 수도 있겠다는 생각이 문득 들었다. 핸드폰 사용이란 나에게 쉼이 아니었으며, 오히려 폭력성을 주었던 것이다.

스마트폰과 함께하는 즐거운 시간들을 바탕으로, 아이

들을 더 큰 사랑의 눈빛으로 돌볼 수 있는 사람이라면 핸드폰을 얼마든지 사용해도 좋다고 생각한다. 하지만 나는 아니다. 육아 전우들과 실컷 이야기를 나누며, 깔깔 웃으면서 스트레스를 풀고 있을 때는 오히려 아이들이 엄마를 찾는 것이 더 귀찮았다. 실컷 유튜브를 보고 나서 더 피곤했다. 육아가 더욱 힘에 부쳤다. 아이들의 부름에도 "잠깐만! 기다려" 라고 늘 대답했다. 잠깐만 기다려? 어디서 많이 듣던 소리다. 아, 개 교육시킬 때 자주 하는 말이다. 개를 교육시킬 때도 개껌을 앞에 두고 교육을 시키는 것이 주인의 도리이거늘 나는 무작정 우리 아이들에게 잠깐만 기다리라는 말만 남발했다. 개와 비슷한 교육을 받으며, 개보다 못한 대접을 받으니 우리 아이들이 그토록 징징대고 짜증냈나 보다.

좋은 엄마가 되고 싶다고 생각만 하면서, 핸드폰만 붙잡고 있지 말고 이제는 정말 노력을 해야 할 시기가 왔다. 컴퓨터 모니터를 버렸던 그때처럼, 핸드폰을 끊어보자. 요물 스마트폰 이 녀석을, 아이들 앞에서라도 내려놓아 보자. 지금 나에게 정말 중요한 것을 놓치지 말자. 하루가 다르게 자라는 우리 아이들, 사랑하는 가족과의 시간에 집중해야겠다고 생각했다.

아빠가 갑자기 하루 만에 장애인이 되신 것처럼, 오늘 하루의 평범한 이 순간이 내일이면 오지 않을 수도 있다. 그 소름 끼치게 겁나는 진실을 외면하지 말고, 지금 나에게 놓인 이 일상을 감사로 받아들이자. 더 나은 엄마가 되기 위해 이제는 더 이상 미루지 말고 노력해보자.

"나는 아이들 앞에서 스마트폰을 사용하지 않겠습니다."

10년 후의 내가
지금의 나에게…

스마트폰은 장점이 많다. 핸드폰으로 TV도 보고, 라디오도 듣고, 친구들과의 단체 채팅, 쇼핑, 은행업무까지 쉽게 할 수 있다. 유튜브에는 육아 정보 가득한 동영상, 자기 자존감 높이는 법, 주식, 부동산 강의까지 좋은 정보가 넘쳐난다. 독서를 장려하기 위한 동영상도 있다. 하지만 나 같은 의지박약 어른이(어른 어린이)는 유튜브 속의 좋은 정보를 메모하며 보다가도 유튜브에서 친절히 내 성향에 알맞게 제공한 추천 동영상을 나도 모르게 클릭한다.

이미 여러 번 봤을 악동 뮤지션 데뷔 시절을 보다가 좋아하는 가수의 공연들을 한 번씩 더 본다. 예전에 좋아했던 드라마 응칠, 응사, 응팔의 주요 장면도 또 본다. 개그프로의 주요 장면 모음을 보며 낄낄대고 웃다 시계를 보면 두 시간이 훌쩍 지나가 있다. 나는 아이들 간식도 준비해야 하며, 밥도 해야 하고, 청소도 해야 하는데 망했다.

《나는 습관을 조금 바꾸기로 했다》라는 책에 의지력에 대한 흥미로운 이야기가 나온다. 의지력은 사용하면 줄어드는 것인지, 의지력이 유한한 것일지에 관한 내용이다.

A그룹에게는 쿠키를 먹을 수 있게 하고 B그룹에게는 쿠키 말고 맛없는 무를 생으로 먹게 했다. 그 뒤에 퍼즐을 풀자, A그룹은 평균 20분, B그룹은 평균 8분 퍼즐에 몰두했다. 누구나 어려운 일을 오랫동안 계속할 수 없다. 의지력은 역시 사용하면 줄어드나 보다.

하지만 다이어트 중 라면을 먹은 날에는 과자도 먹고 아이스크림도 먹게 된다. 나도 매일 반복한다. 라면도 과자도 참지 못했으므로 의지력은 사용하지 않았다. 혈당도 이미 높다. 그런데 이런 일은 왜 발생하는 것일까?

의지력을 갉아먹는 불안이라는 감정 때문이다. 폭식과

폭음을 하면 후회와 자기부정감이 생겨나고, 의지력을 잃고 다음 과제에 몰두하지 못하는 악순환에 빠진다.

내가 딱 이 꼴이다. 하루 종일 집안 정리도 안 하고 아이들에게 먹일 음식도 준비하지 않고 핸드폰만 내리 손에 붙들었다. 쇼핑몰에서 옷도 하나 샀다. 완벽한 휴식이었다. 하지만 그런 날에 오히려 내 품으로 돌아온 사랑스러운 아이들에게 더 화를 냈다. 간식도 저녁도 준비하지 않았기에 아이들에게 뭘 먹일지 불안하고, 오늘도 다이어트에 실패했다는 자기부정 때문이었을까? 나는 모든 의지를 잃고, 아이와 놀아줄 힘도 없는 채로, 다른 날과 크게 다르지 않게 징징대는 아이에게 화를 내고, 더 지쳐가고 있었다.

뭔가 잘 모르겠을 때는 미래의 자신에게 생각하게 하라고 했다. 10년 후의 나는 지금의 나에게 뭐라고 할까? 분명 이리 얘기할 것 같다.

"어이없는 30대 후반의 나야. 너 지금 소중한 시간이야. 아이들이 너의 뒤통수만 보고 있잖아. 너 지금 어떤 엄마니? 정신 차려. 어서 스마트폰을 내려놓고 너를 바라보는 아이들을 너도 함께 바라봐."

오늘 하루를 좀 열심히 살아봐야겠다. 무기력하게 쉬기만 했는데도 불안해서 스트레스를 받는다는데 굳이 무기력할 필요가 있나? 스마트폰으로 하루 종일 노는 것 자체가 자기부정을 일으키고, 나에게 휴식을 주지도 못한다. 나는 오히려 아이에게 화를 더 낸다. 왜 나는 핸드폰을 하고 있지? 이게 뭔 바보 같은 짓이지?

뷔페에 다녀오고 나서 "배가 너무 불러서 싫어. 돈이 아까워서 무리하게 입속에 집어넣게 돼. 살도 쪄서 짜증 나. 악! 속이 더부룩해. 오늘 망했어." 후회하고, 또 다음 날이 되면 "배고파. 뷔페에 갈래. 또 실컷 먹을래. 맛있겠다!" 하는 사람. 나의 핸드폰 사용 방식이 미련하게도 뷔페를 매일 가는 사람과 똑같았다.

강남, 강북, 서울
그리고 스마트폰 세상

교원임용시험에 떨어졌을 때, 생활비를 마련하느라 조그마한 학원에서 수학강사로 일했다. 그때 서울에서 오래 강사생활을 했던 분이 이렇게 말했다.

학원에서는 대교 하나만 건너면 강남에서 최고 노른자 땅이라고 불리는 지역에 도착했다. 선생님은 최고급을 코앞에서 바라보지만 현실은 그에 미치지 못하는 괴리 속에서 살아가는 이 지역 아이들이 정서적으로 뭔가 불안정한 느낌이라고 했다. 수업 태도도 안 좋고, 우울하고, 노력하려고 하는 의지조차 안 보이는 것이 지역 특징이라며 학원

강사 생활 오래 하려면 지역을 옮기라고 충고까지 해주었다. 차라리 저 위쪽 강북 아이들이 낫다고 했다.

솔직히 나 같은 지방 출신의 눈에는 다 같은 서울 부자들이었다. 부모님의 경제능력은 강남보다 못할 수도 있겠지만 아이들의 태도가 안 좋다는 것이 말이 되나? 그분이 심한 선입견에 사로잡힌 거라고 생각했다. 강북을 무시하다니 지방 출신인 나는 더욱 무시당한 느낌이 들어 기분이 나빴다.

나는 지방 출신이다. 부모님들의 소득격차가 크지 않은 지역에서 자랐다. 친구 부모님의 직업은 궁금하지도 않았다. 의사, 변호사 부모님을 둔 친구는 거의 보지 못했다. 외제차는 서울에 와서야 알게 되었다. "너희 아빠 차 뭐야?" 라는 질문은 듣지도 하지도 않던 말이었다.

20살 때 접한 서울은 별천지였다. 압구정 백화점에서는 한 알에 몇 천 원짜리 초콜릿을 팔아서 충격이었고 심지어 시식해보라며 그 비싼 것을 공짜로 나누어 주었다. 명동에는 사람이 너무 많아 걷기도 힘들었다. 코를 풀면 콧속에서 시커먼 먼지가 나왔다. 5분이면 다시 올 지하철을 놓치지 않겠다고 함께 우르르 뛰어가서 환승을 하는 것도 신기했다. 외국 영화에서나 나올 듯한 외제차도 돌아다녔다.

서울은 화려하고 복잡하고 바빴다. 대학생 친구들은 20만 원이 훌쩍 넘는 mcm 가방을 메고 다녔다. 20만 원은 큰 돈이었다. 나는 가질 수 없었다. 그 뒤로 가방만 눈에 들어왔다. 몇 달간 과외비를 모았다. 드디어 가방을 사려고 하자 mcm은 유행이 지났다고 했다. 이번에는 더 비싼 에트로 가방이 유행이라고 했다.

교사가 되고 난 후 여자의 영원한 로망이라는 샤넬백이 갖고 싶었다. 샤넬백은 너무 비싸기에 다른 가방을 샀다. 하지만 가방 구매 욕구가 조금이나마 충족되기는커녕 오히려 하나를 사게 되니 비싼 가방의 세계를 더 알게 되었고 그럴수록 더 목말랐다. 소금물을 마시는 느낌이었다. 마실수록 목이 탔다.

인터넷이 발달한 뒤부터 타인의 삶을 쉽게 구경한다. 타인의 화려한 삶은 나를 초라하게 하고 물질에 더욱 집착하게 만들었다. 페이스북, 블로그, 인스타그램 속에는 잘난 일반인들이 넘친다. 나 참 행복해! 난 참 많이 가지고 있어! 자랑이 넘쳐흐른다. 부러운 사람들 천지다.

김태희나 전지현이 명품 옷을 입고 있으면 그들만의 화려한 세상이라 감히 내가 가질 수 있을 것 같지 않았다. 하지만 일반인들이 가지고 있는 것들은 뭔가 나도 손에 잡히는 느낌이었다. 구경할수록 그들이 부러웠다. 가진 물건 덕분에 그들이 행복해 보이는 것 같아서, 나도 갖고 싶은 것들이 점점 늘어났다.

타인의 잘난 점을 쉽게 구경하는 요즘, 어쩌면 전 국민이 한강 건너편에서 강남을 바라보며 결핍을 느끼는 강북 사람이 된 듯하다.

만일 내가 과연 강남이 바로 보이는 강북에서 자랐다면 어땠을까? 어린 나는 부모님의 경제력 결핍이 부끄러웠을까? 본인도 부자면서 더 부자들이 사는 강남을 바라보며 결핍을 느끼고 사는 강북 사람이 되었을까? 소득격차가 적어 결핍을 느끼지 못했던 나의 어린 시절은 분명 부족함이 없었다. 지금도 핸드폰을 내려놓고 굳이 타인을 구경하지 않는 것이 정신건강에 더 좋지 않을까? 나는 남들의 자랑에 의연한 사람이 못된다.

보여주지 않아도 별 볼일 없는 인생은 아니다. 크게 내세우며 자랑할 것 없어도 나는 충분히 행복한 사람이다. 굳이 남들의 자랑에 흔들리지 말자. 드러내지 않을 뿐 모두가 어두운 현실을 가지고 있다. 뒤틀리고 우울한 면이 있고 결핍된 부분도 있지만 나는 가지고 있는 게 더 많다.

가지지 못한 것만 보이는 스마트폰 속 세상 구경을 잠시 멈추고 내 영혼이 원하는 것을 찾아보자. 겉모습에 치장하며 옷장만 배부르게 하지 말고 내가 죽을 때 기억할 만한 추억을 쌓고 내 현실의 삶을 풍족하게 할 테다.

빌 게이츠,
스티브 잡스의 자녀들

빌 게이츠는 아이들이 14살이 될 때까지 휴대폰 사용을 금지했다고 한다. 식탁에서 휴대폰을 사용할 수 없게 했으며 IT기기를 사용할 수 있는 시간도 제한했다. 아이는 자신과 달리 친구가 휴대폰을 사용하고 있다고 불만을 토로했지만 규칙에 변화를 주지 않았다.

애플을 창업한 스티브 잡스 또한 자녀의 스마트 기기 사용을 제한했다. 심지어 잡스도 집에서는 스마트폰을 사용하지 않았다. 대신 자녀들과 책을 함께 읽고 토론하는 시간을 보냈다.

드론을 만든 회사의 책임자인 크리스 앤더슨도 아이들

이 스마트 기기에 중독되지 않도록 노력했다.

트위터의 공동 창업자 이완 윌리엄스는 아이들이 아이패드보다는 책을 보면서 성장하기를 바란다고 털어놓았다.

이들의 솔직함에 먼저 박수를 보낸다. 하지만 자신이 만들어낸 것들로 타인의 아이들은 중독에 빠지게 하면서, 자신의 아이들만 중독에서 빼내려는 이기적인 인간들이라고 욕을 한 바가지 하고 싶기도 하다. 아무튼 누구보다도 IT 기기에 대한 지식이 많은 사람들이 아이들의 스마트 기기 사용을 제한한다.

요즘 아이들은 태어나는 순간부터 사진 찍히며 스마트폰 반경 1미터 내에서 평생을 살아간다. 만약 아이들에게도 각인 이론이 적용된다면 세상밖에 나와서 처음 보는 존재인 핸드폰을 엄마라고 착각할 수도 있을 것 같다. 아무리 핸드폰의 안전기준이 강화된다고 해도, 핸드폰과 모든 성장을 함께하는 역사상 최초의 실험 존재가 슬프게도 우리 아이들이다.

아이들의 시선 속 어른은 어떤 모습일까? 엄마가 줄곧

핸드폰을 붙들고 있으니 우리 아이는 얼마나 핸드폰이 궁금할까? 핸드폰을 빼앗아서 누르고 싶어 하는 아이의 행동은 당연했다. 분명한 것은 아이들이 아직 현실 세계를 탐험해야 할 시기라는 것이다. 스마트폰 속의 재밌어도 손에 잡히지 않는 세상 구경보다는, 바로 아이들 눈앞에서 기어다니는 벌레가 더 궁금했으면 한다.

나는 아이들이 커갈수록 아이들에게 선택권을 주고 자유를 주고 싶다. "지금은 어리니 핸드폰을 마음껏 사용하렴. 하지만 중고등학생이 되면 학업에 집중해야 하니 핸드폰 사용 시간을 줄어야 해" 라고 할 때 "네, 그러겠습니다. 엄마" 하는 아이가 있을까? 핸드폰 사용도 어릴수록 더 제한하고 클수록 점점 자유를 주는 것이 옳지 않을까?

우리 아이에게 스마트폰 사용을 제한하려면 반드시 나부터 핸드폰을 내려놓아야 한다. 엄마가 핸드폰을 얼마나 좋아하는지 절대 들키지 말아야지. 얼마나 핸드폰 속 세상이 재미있는지 절대 들키지 않을 테다. 아이 앞에서는 핸드폰 사용을 참아보자고 또다시 다짐한다. 어쩌면 나는 아이를 재우고 폭발적으로 핸드폰을 사용할지도 모른다. 그러더라도 일단, 아이 앞에서라도 바뀌자. 내가 지금 제일 잘하고 싶은 것, 나에게 제일 소중한 것, 내가 미래에 제일 그리워할 작고 앳된 내 아이가 지금 내 눈앞에 있다. 핸드폰 대신 내 아이들을 바라보자. 귀찮음 대신 사랑을 듬뿍 담아서.

수학교사가 바라는 미래의 내 아이들

고등학교 수학 시간에 만나는 학생들은 대부분 두 그룹으로 나뉜다. 첫 번째 그룹은 두 번 세 번 반복해서 미리 공부를 했기에 내가 더 이상 가르칠 것이 없는 학생들이다. 두 번째 그룹은 두 번 세 번 반복해서 예습했음에도 불구하고 여전히 모르고 있는 학생들이다. 두 번째 그룹에 속한 학생들이 더 많다.

이미 아는 아이들, 또 해도 모를 것 같은 아이들.

나는 아무것도 모르는 척 수업을 진행하고, 아이들도 처음 배우는 척 수업을 들어준다. 연극이 따로 없다. 분명 나와 학생들은 슬픈 연극의 주인공일 것이다. 이미 다 알면서도 선생님 말씀이라며 귀 쫑긋거리며 들어주는 아이들, 또 이해하지 못하더라도 졸린 눈 비벼가며 한 번 더 수업을 들어주는 아이들이 그저 고마울 뿐이다.

요즘 아이들은 학교, 학원, 과외 여기저기에서 수업만 계속 듣고 있다. 혼자서 해보지는 않은 채로, 남이 수학을 하는 것만 구경하고 있다.

수학에 지독하게 질린 아이들.

사교육에 닳고 닳은 아이들.

누가 시키는 대로, 이 문제는 이렇게 푸는 것이라고 암기하는 아이들.

이것이 우리나라 수학 교육의 현실이다. 수학이 중요하답시고 너무 많이 배워서 오히려 모르고 있다.

내가 낳은 아이는 세상을 바라보는 눈에 걱정보다 호기심이 가득했으면 좋겠다고 예전부터 생각했었다. 미래는 알 수 없는 것, 평생 새로운 것을 접하는 것이 인생 아닐까? 새로운 것에 도전할 때 걱정과 귀찮음 보다는 호기심이 앞섰으면 좋겠다.

솔직히 똥줄 빠지게 공부하고, 잠 줄여가며 공부시켜서 서울대, 연고대에 진학하면 미래가 탄탄히 보장되던 시기는 끝났다고 생각한다. 서울대 나온 사람보다, 음식을 즐기며 먹방을 찍는 사람이 돈을 더 벌 수도 있는 시대다. 본인이 흥미가 생기면 주저하지 말고 무엇이든 밀어붙일 수 있는 아이로 키우고 싶다.

공부만 잘하고 스스로 아무것도 못하는 바보 보다는, 길거리에서 본인이 개발한 특제 소스로 떡볶이를 만들어 팔면 더 좋을 것 같다. 좋아하는 과일을 실컷 먹고 싶다며 과수원에서 일해보고 싶다고 하면 아주 좋은 생각이라며 지지해줄 것이다. 주식 공부를 해보고 싶다고 해도 당연히 지지할 것이다. 다만 세상에 겁먹은 채로 아무것도 안 하는 사람이 되지 않았으면 좋겠다.

공부만이 올바른 길, 성공으로 안내하는 길이라고 착각하고, 공부를 잘하지 않는다고 자신의 가치를 깎아내리는 그런 아이는 아니었으면 좋겠다. 성적 몇 점 떨어졌다고 세상 잃은 듯 우울해하지 않기를 바란다. 공부는 못해도 수업시간에 유쾌한 농담을 자신 있게 할 수 있다면 참 좋겠다. "저는 모르겠어요. 다시 알려주세요" 라고 당당하게 질문할 수 있기를 바란다. 성적만 중요하다며 교과서와 문제집만 보는 아이가 아니라, 우주가 문득 궁금하면 시험기간이라도 우주 관련 책을 읽는 그런 아이로 키우고 싶다.

좋은 대학 좀 못 가면 어떤가. 대학 또 안 가면 어떤가. 스티브 잡스, 빌 게이츠도 고졸이다.

학교 공부를 잘해도 한없이 우울해하는 아이도 많이 만났고, 시험 성적은 낮아도 밝고 활기찬 아이들도 많이 만났다. 내 눈에는 두 번째 아이들이 더 멋있다. 어쩌면 미래에는 "1 더하기 1은 2" 라는 천편일률적인 대답보다, "일 더하기 일은 과로입니다" 라고 대답하는 아이가 더 성공할지도 모른다.

나는 한글, 학습지, 학원 아무것도 시키지 않는다. 우리 딸은 수학교사의 딸인데도 불구하고 숫자 쓰기 한 번 시키지 않았다. 다른 친구들은 두 자릿수 덧셈도 한다. 백까지도 센다고 한다. 초조하지 않다. 백까지 빨리 센다고 수학 잘하는 건 아닌 것 같다. 기초 연산이 그리도 중요하다 강조하지만 기초 연산을 못해서 수학을 못하는 고등학생은 거의 없다. 수능에서 1번에서 4번까지는 거의 다 푼다. 그 다음이 문제다. 다음부터가 오히려 핵심 아닌가. 그냥 수학 자체가 꼴도 보기 싫은 학생들이 엄청 많은 것이다.

우리 아이는 그저 놀고 있다. 1부터 10까지는 모르더라도, 우리 집 엘리베이터 버튼을 기똥차게 누르는 우리 아이들이 자랑스럽다. 나는 현재 책을 좋아하는 아이로 키우기 위한 노력만 하고 있다.

"엄마, 왜 학원을 안 보내서 나를 이리 공부 못하게 만들었어? 엄마 때문이야" 라며 아이가 울부짖는 순간이 올지도 모르겠다. "공부 못하는 게 왜? 그게 뭐? 학교에서도 배우는 거야. 궁금하면 교과서를 읽어봐" 라고 대답할 거다.

최근에 엄마 독서 모임에 참여했다. 2주에 한 권 정해진 책을 읽었다. 하지만 지정된 책이라는 이유만으로도 흥미가 뚝 떨어졌다. 누구도 등 떠밀지 않았다. 지정된 책이 있음을 미리 알고 나 스스로 신청해서 시작한 모임이었다. 성인인 나도 누가 하라고 정해놓으니 하기 싫었다. 아이들도 매일 학원 숙제가 넘치고, 반드시 풀어야 하는 문제집 페이지를 검사 당하는데 수학이 과연 재미있을까.

사실 수학은 꽤나 재미있는 학문이다. 억지로 마구 채찍질해가며 남보다 뒤처질까 걱정하며 미리 알려줄 과목이 아니다. 1년, 2년 미리 선행학습을 한 것이 자랑거리가 될 만한 그런 학문은 아닌 것 같다.

솔직히 고등학교 교육과정은 내가 봐도 헉 소리가 나온다. 특히 이과는 공부해야 할 양 자체가 너무도 많다. 내용도 갑자기 어려워진다. 고등학교 교육과정을 미리 준비하는 것은 어느 정도 찬성한다. 하지만 굳이 초등학생 때부터 그리 몰아칠 필요는 없다고 생각한다.

부디 수학이라는 학문에 그토록 질리지 않기를 바란다. 학원, 학교, 과외 선생님과 반복해서 수업만 듣는 것보다 혼자 차분히 개념을 이해하고 문제풀이에 푹 빠지는 시간을 갖기를 바란다. 어려운 문제집을 사서 이런 것도 풀어야 상위권으로 갈 수 있다고 끌고 가기 보다, 쉬운 문제집을 풀고 개념을 확실히 이해하고, 아이 스스로 해결하는 기쁨을 찾는 것이 더 중요하지 않을까?

아이의 나이만큼 엄마도 나이가 든다. 나는 엄마 7살이다. 감히 내 아이를 초등학교, 중학교에 보내지도 않았으면서, 부모님들이 피땀 흘려 노력해서 다 키워두신 중고등학생들만 그것도 고작 학교에서 접해놓고서 뭘 안다고 충고를 하는 모양새가 참 우습다. 분명 내가 엄마 20살이 되면 지금의 충고가 부끄러워 이불킥을 날릴 것이다. 나는 고작 엄마 7살, 감히 7살짜리가 무슨 충고를.

언니들이 이야기했다. "지금은 너 아직 몰라. 분명 너희 아이가 중학교, 고등학교 가면 네가 더 학원 보내고, 더 붙잡고 공부시킬 것이 분명해. 뒤처지는 것은 참으로 기분 나빠."

정말 그럴까? 모르겠다. 진짜 그럴 수도 있겠다 싶기도 하다. 아이를 낳은 뒤부터 내가 예측한 대로 흘러가는 것이 하나도 없었기 때문이다. 인생 최고 고난이도가 육아다. 솔직히 미래의 육아는 정말이지 예측이 안 된다. 한 치 앞을 모르겠는 육아라는 세계.

확실한 건 공부만 잘하고 만사 귀찮아하며 소극적인 아이로는 절대 키우고 싶지 않다는 것이다. 무기력하게 고개를 들고, 무기력한 눈빛을 가진 아이로는 절대 키우고 싶지 않다. '하기 싫지만 억지로 해드릴게요' 하는 자세를 가진 아이로는 정말이지 키우고 싶지 않다. 뒤처진다는 의미도 잘 모르겠다. 세상이 지루하다는 표정을 짓는 아이라도 점수가 높으면 앞서는 건가?

엄마가 먼저 세상에 두려움 없이 나아가는 사람이 되고 싶다. 나는 아무것도 시도하지 않은 채로 "용기를 가져. 너는 할 수 있어. 세상은 할 수 있는 일들이 참 많아" 라고 말로만 이야기하면 그 말에 힘이 없을 것 같다.

부끄럽지만 나야말로 무기력의 대명사였다. 육아는 정말 힘들다며 기운 빠진 채로 지나간 청춘을 그리워하며 한숨이나 푹푹 내뱉고 있었다. 도대체 내가 할 수 있는 일이 뭘까? 나는 어떻게 변해야 할까? 나는 무엇을 하고 싶지? 며칠을 고민하다 문득 지금 나의 육아 과정, 아이 앞에서 핸드폰을 하지 않으려는 노력들을 글로 남기기로 마음 먹었다.

신기하게도 요즘 책을 매일 읽으니 글이 쓰고 싶어졌다. 책이란 정말로 대단하다. 학교 글쓰기 대회에서 가수

H.O.T.의 노랫말 가사를 적어서 제출하던 완벽 이과녀인 내가 이제 와 글을 쓰고 있을 줄은 정말이지 나도 몰랐다. 나라는 사람이 감히 글이라는 세상에 생산자로 다가선다고 생각하니 믿기지 않는다. 하지만 새로운 시작이 두근두근 설렌다.

"엄마가 미지의 세계로 나아가는 것을 지켜봐줘. 엄마도 무작정 도전해보려고 해. 뭐 어때? 해보는 거지! 우리 아들, 딸도 무엇인가 해볼까 싶은 생각이 들 때는 꼭 도전했으면 좋겠어. 공부는 못해도 돼! 하지만 세상에는 겁먹지 않기를 바란다."

PART 002

핸드폰을 내려놓고 다이어트도 성공했습니다

77 사이즈 비만 엄마, 발레를 시작하다

핸드폰을 많이 내려놓았으니 오전에 뭐라도 해야 했다. 아이들이 유치원, 어린이집에 가고 나면 금쪽같은 자유 시간이 생긴다. 가만히 있다가는 분명 잠시도 참지 못하고 허무하게 핸드폰을 들고 검색을 할 것이다. 최소 한 시간이 순식간에 사라질 것이 뻔하다.

나는 평소 무용하는 분들을 동경해왔다. 〈댄싱 9〉도 〈썸바디〉도 지금까지 수십 번을 반복해서 보았다. 나는 77 사이즈의 무거운 여자이지만 멋지게 훌쩍 나는 댄서들은 나와 정확히 정반대의 존재인지라 이 세상 사람이 아닌 듯한 아름다움이 느껴져서 존경스럽기까지 했다.

나의 영원한 영웅 김연아 선수도 더 아름다워지기 위해 캐나다 출신의 발레리나에게 발레 수업을 받았다고 한다. 나도 '에잇 모르겠다. 한 번 사는 인생이다. 발레 한 번 도전해보자' 생각하고 발레학원에 등록했다. 이 몸매로 발레 수업을 듣기까지는 큰 용기가 필요했다. 시작은 힘들었으나, 최고로 재미있다.

나는 요가나 필라테스와 같은 차분한 운동은 늘 한 달도 채 다니지 못하고 그만두곤 했다. 특히 근력운동을 하면서 선생님께서 "하나, 둘, 셋" 이렇게 숫자를 세는 것이 싫었다. 숫자를 세면 그 숫자가 지겨워지고, 몇 개 남았는지 의식되고, 더 참기 힘들어지는 느낌이라 참 싫었다.

발레는 카운팅이 없었다. 단지 아름다운 음악 속 박자에 맞춰 동작을 할 뿐이다. 음악과 맞추는 동작은 지루하지 않고 재미가 있었다. 솔직히 발레는 단순히 예쁜 척하며 힘을 풀고 부드럽게 손이나 다리 동작을 하는 것인 줄 알았다. 천만의 말씀이었다. 발레는 엄청나게 근력을 요하는 운동이다. 가장 힘든 근력운동이 미식축구이고, 그다음으로 발레가 축구와 같은 운동량을 보인다고 한다. 다리 하나 들어올리는 것도 온몸에 힘을 잔뜩 주어야 했다. 게다가 쿵 떨어지기는 쉬워도 가벼운 척 떨어지려면 배가 아플 만큼 힘을 주어야 한다. 어지간한 성인 여성 한 명의 무게일 내 다리를 쿵 소리 나지 않고 가벼운 척 내리려면 배와 엉덩이에 잔뜩 힘을 주어야 했다.

발레 하는 사람들이 미소를 머금고 부드럽게 바를 잡고 있는 자세는 사실 가만히 서 있기만 해도 엄청나게 힘든 자세다. 마치 웨딩촬영을 하던 그때와 비슷하다고 할까? 진땀이 난다. 갈비뼈를 조이고, 다리를 턴아웃하고, 엉덩이에 힘을 주고, 어깨를 내린다. 그것도 몸을 계속 돌리며 힘을 지속적으로 주고 있어야 한다. 그냥 숨만 쉬어도 힘들다.

예전에는 무용수들이 유연하기 때문에 다리를 높게 들어올릴 수 있다고 생각했다. 하지만 스트레칭이 제법 늘어도 나의 다리는 더 높게 들리지 않았다. 스트레칭도 필요하겠지만 다리를 들어올리는 것은 근력이었다.

재미있는 근력운동이 세상에 존재하다니! 재미있는 근

력운동을 보여준 신세계가 바로 발레다.

발레는 무엇보다 그동안 했던 어떤 운동들보다 내 콤플렉스인 상체 살들을 빼는 데 도움이 되었다. 팔을 계속 들고 있어야 하는 데다 들어올린 팔을 내릴 때에도 어깨에 계속 힘을 주고 있어야 하니 상체가 안 예뻐질 수가 없다. 절대 빠지지 않고 내 곁에 붙어 있었을 뿐 아니라 지방분해를 돕는 카복시 주사를 맞아도 굳건했던 팔뚝 살이었다. 지금보다 15kg이 적게 나갔던 결혼식 때도, 베일을 최대한 풍성한 것으로 골라서 팔뚝을 가리려고 노력했었다. 평생을 함께한 나의 팔뚝 살이 발레를 배운 뒤 조금씩 사라지고 있다. 야호! 나는 요즘 20대에도 못 입었던 민소매 옷을 입고 다닌다. 그뿐인가! 팔자걸음이라 미운 내 걸음걸이가 의외로 턴아웃에 도움이 된다는 사실도 알게 되었다.

발레복은 입기가 너무 부끄러워 몇 달 동안 티에 레깅스를 입고 수업에 참여했는데, 이젠 발레복인 레오타드도 입는다. 레오타드는 수영복과 비슷하지만 색깔도 디자인도 다양하고 예쁘다. 노출이 많다 보니 레오타드를 입고 거울 앞에서 발레수업을 듣고 나면 내 팔뚝이 꼴 보기 싫어서

재미있는 근력운동이 세상에 존재하다니!
재미있는 근력운동의 신세계가 바로 발레다.
지금보다 15kg이 적게 나갔던 결혼식 때도,
베일을 최대한 풍성한 것으로 골라서
팔뚝을 가리려고 노력했었다.
평생을 함께한 나의 팔뚝 살이
발레를 배운 뒤 조금씩 사라지고 있다. 얏호!

밥맛이 뚝 떨어지는 효과도 있었다.

발레 수업을 끝마치고 나면 내가 0.1퍼센트 정도 예뻐진 느낌이 든다. 수업시간 내내 우아하게 웃는 표정으로 스트레칭하고 어깨 내리기를 연습해서인가 보다. 그 살짝 예뻐진 느낌이 되게 신난다. 발레를 접해본 사람들은 다 공감할 것이다.

발레리나 강수진의 책을 보면, "발레는 기본적으로 자기애가 강한, 조금은 나르시시스트적인 성향을 갖고 있다"라는 말이 나온다. 아름다운 춤 동작을 하는 자신의 모습을 끊임없이 떠올리며 연습을 해야 하기 때문이다. 자신에 대해 하루에도 열두 번씩 인식하고 느끼다 보면 자기 자신을 가꾸지 않을 수가 없다고도 했다.

발레 수업 내내 스스로의 동작이 예뻐지도록 애를 쓴다. 처음에 선생님 동작을 그대로 따라하기만 했을 때는 몰랐는데, 선생님이 알려주신 대로 조금 더 힘을 주고, 조금 더 신경을 쓰니 정말 조금씩 동작이 예뻐졌다. 그러다 보면 뭔가 나 자신도 예뻐진 것 같은 착각에 빠졌다.

선생님은 잠깐 보고도 내가 어디가 잘못되었는지 어찌 그리 잘 아실까 궁금하다. 발레를 하는 내 몸짓은 마치 약분이 되어 있지 않은 분수를 보는 느낌일까? '8분의 4' 같이 약분이 되어 있지 않아 막 지적하고 싶고 거슬리는 그런 느낌인가 보다. 아무튼 기똥차게도 선생님은 신발 속에 숨겨진 내 발끝까지 다 아시고 지적해 주셨다.

발레 선생님은 당연히 머리끝부터 발끝까지 온몸이 아름답다. 선생님 시범을 보고 있자면 너무 예뻐서 입이 헤벌쭉하다. 이대로 침만 흘리면 누가 딱 변태로 신고할 듯하다. 선생님의 아름다움에도 눈이 호강하는 느낌이지만 신기하게 발레를 배우는 아줌마들도 다 예쁘다. 발레 수업에 처음 참여했을 때 '이 동네에서 예쁘고 날씬한 아줌마들을 다 모아놨나?' 생각했다. 발레를 하면 정말 예뻐지나 보다.

외모에 자신감이 없는 나도 발레 수업 시간에는 공주나 요정인 척 표정을 짓고 동작을 해야 한다. 현실은 무거운 킹콩 같은 존재로 살고 있는데, 발레 수업에서만은 세상 가벼운 공주가 되는 느낌이다.

간헐적 단식은커녕, 주기적으로 폭식을 하고, 공복 없이 먹어대며 돼지런한 삶을 살고 있던 나도 사실은 공주가 되고 싶었다.

곧 40이 되어도, 엄마가 되어도, 여자란 평생토록 공주가 되고 싶은 법이다. '공주 엄마' 말고 '진짜 공주' 말이다. 그래서 마음껏 예쁜 척하고 공주 되기를 배우는 발레 수업이 참 좋다.

발레, 강력 추천합니다.

재밌는 발레를
왜 유튜브로 보고 있는지…

핸드폰을 손에서 내려놓고 책을 읽기 시작하고 미묘하게 변화를 느끼며 자기 만족감이 쭉쭉 올라가고 있을 때였다. 수업시간에 들은 외계어 같은 발레 용어가 어려워 찾아보았다.

쿠드삐에, 빠세, 를르베, 앙드올, 앙드당, 앙호, 폴드브라, 피케… 도대체 뭔 말이야?

발레 공연도 궁금해졌다. 〈지젤〉〈백조의 호수〉 같은 작품이 생각보다 스토리가 흥미진진했다. 프랑스의 귀족들도 막장 스토리를 좋아했나 보다. 역시 동서고금을 막론하고 막장 스토리는 흥미롭다.

〈**지젤**〉 결혼할 여자가 있음에도 불구하고 순진한 아가씨 지젤을 꼬셨던 나쁜 남자 친구 때문에, 지젤은 결국 머리 다 풀어헤치고 미치고 팔딱 뛰다 죽어서 귀신이 된다. 귀신이 되어서 붕붕 뛰며 춤을 추는 장면이 압권이다.

〈**백조의 호수**〉 사랑을 약속한 여자(마법에 걸려 백조가 된 오데뜨 공주)가 있는데도 악당의 딸(흑조, 오딜)을 연인으로 오해해서 어처구니없게 다른 여자에게 사랑을 맹세한다.

〈**해적**〉 나쁜 놈들이 여자들을 노예로 팔아먹었지만 멋진 남자 친구가 짠하고 나타나서 구해준다.

배신, 거짓말, 사랑 이런 스토리가 딱 내 스타일이었다. 발레는 우아하고 아름답지만 지루할 것 같다는 편견에서 벗어났다. 하지만 발레가 재밌을수록 나는 유튜브에서 발레 관련 동영상을 멍하니 보기 시작하고 만다.

일자로 다리를 찢기는 올해 안에 이루고 싶은 목표였다.

아이들이 잠들면 바로 '다리 찢기'를 검색해서 따라하곤 했다. 아이 앞에서 핸드폰을 하지 않는 것이 목표였으므로 아이가 잘 때 핸드폰을 사용하는 것이니 괜찮다는 스스로의 위안과 함께. 20분에서 30분 낑낑대며 다리 찢기를 하고 나면 발레 동영상을 한참이나 찾아보게 된다. 그러다 또 샛길로 빠진다. 드라마 응사, 응팔, 응칠 주요 장면을 또다시 돌려보고 있다.

이미 핸드폰이 주는 즉각적인 재미를 너무나도 잘 알고 있는 나는 핸드폰을 들고 두 시간을 후딱 버리고 만다. 핸드폰이 주는 재미란 눈앞에서 잠깐일 뿐 그리 기억에 남지 않는다. 손에 잡히지도 않고 가벼워 바스러질 것 같은 재미가 분명하다. 그런 재미를 쫓느라 새벽 1시가 넘도록 나뭐 하고 있지? 일주일이 넘었다. 일주일이 넘으니 습관처럼 자리도 잡았다.

아이가 잘 때 핸드폰을 보니, 잠이 부족해지기 시작했다. 피곤해지니 책을 읽기도 싫어졌다. 졸려서 짜증도 계속 났다. 나는 금사빠도 아닌 금방 중독에 빠지는 금중빠인가. 이리도 유혹에 쉽게 빠지는 인간인가. 내 삶의 주인공은 나다. 스스로 반성하고, 조금 더 나은 방향으로 나를 인도해야 했다. 유튜브란 녀석은 좋은 정보도 많고 발레 관련 강의나, 유용한 정보도 많아서 끊는 것은 불가능했다. 그러나 유튜브를 하염없이 몇 시간 동안 멍하니 보는 것은 멈추고 싶다. 핸드폰의 세계에서 누가 만들어둔 것만 구경하다 진짜 내 삶은 피곤해하며 허둥지둥 허비해버리지 말자.

첫 번째, 스트레칭 전에 알람을 맞추려고 한다. 솔직히 스트레칭 시간은 길어야 30분이다. 한 시간 이상은 절대 핸드폰을 사용하지 말자. 핸드폰을 잡는 순간 한 시간 알람을 맞춘다.

두 번째, 내가 늘 핸드폰을 사용하는 장소에 포스트잇을 붙였다. "지금 당장 핸드폰 그만!"

세 번째, 유튜브에서 로그아웃했다. 굳이 구독을 누르지 않아도 원하는 동영상은 내가 검색하면 된다. 실은 로그아웃해도 큰 의미가 없었다. 시청기록을 아무리 삭제해도, 하나만 찾아봐도 연관 동영상이 친절히 제공된다. 유튜브 알고리즘은 위대했다.

발레가 아니어도 나를 유혹하는 것은 계속 생길 것이다. 유혹을 슬기롭게 극복해보자.

"알고리즘의 결과물은 충분히 매력적이어서 한 번 맛을 보면 끊기가 힘이 든다. 내 생각들과 같은 기사들만 배달되고, 나와 같은 정당을 지지하는 사람들만 거주하는 소인국에서 사는 삶은 평안하다. 악마는 그 안에서 자란다."

- 미국 시민 운동가 엘리 프레이저(Eli Pariser)

한 치 앞을 몰랐던 그 시절

학부모 상담기간에 한 학부모님께서 말씀하셨다.

"이 아이가 첫째라 제가 부모 노릇이 서툴러서 고민이에요. 어떻게 지도해야 될지 늘 어려워요. 선생님께서 알려주세요."

"네? 아이가 고등학생인데 부모 노릇이 서툴다고요? 아이는 18살인데요. 곧 성인이에요. 이미 다 키우신 거 아닌가요? 그리고 제가 무슨 도움이 될까요? 제 영역이 아닌 것 같아요. 저는 부모님이 무엇이 부족하신지, 제가 무엇을 어떻게 채워드려야 되는지 모르겠어요."

이리 대답하고 싶었다.

아, 정말 몰랐다. 나에게도 첫째 육아가 진정으로 어렵다. 앞으로도 계속 어려울 것 같다. 그때, "맞아요! 정말 첫째는 평생 어려운 것 같아요. 학생에게 바뀌었으면 하는 점이 있으면 어머님께 꼭 말씀드릴게요. 같이 키워요. 힘내요." 맞장구쳤어야 했다.

"집에서 핸드폰 못하게 선생님께서 지도 좀 해주세요. 새벽까지 핸드폰만 붙들고 있어요. 애랑 매일 싸워요. 집에서 저녁이 되면 사용하지 말라고, 일찍 자라고 교육 좀 제발 해주세요."

고백하자면 20대 아가씨때 나는 그 부탁이 전혀 납득이 안 갔다.

"스마트폰 안 사주시면 되는 거 아닌가요? 학부모님께서 돈 내고 사주신 거 아닌가요? 요금제 끊어버리면 안 되나요? 집에서 핸드폰을 사용하지 않도록 지도해야 하는 부분을 학교에서 제가 어떻게 할까요? 죄송하지만 집에서는 학부모님께서 지도해주시는 게 맞지 않을까요?"

이리 말하고 싶었다.

나는 한 치 앞을 몰랐다.

두 돌도 되기 전에 충치가 생긴 둘째와 치과에 가서 나는 의사 선생님께 연신 부탁을 했다.

"선생님, 마이쮸가 이빨에 얼마나 안 좋은지 얘기해주세요. 마이쮸 먹지 말라고 얘기 좀 해주세요. 양치질 잘해야 된다고 얘기해주세요."

아, 똑같다. 내가 안 사주면 될 일을. 내가 교육시키면 될 것을. 하지만 아이가 엄마 말은 귓등으로도 안 듣는다는 것을 진정 몰랐다. 20대 어린 담임교사에게 오죽 답답하면 그렇게 부탁하셨을까. 그때 그 어머니는 나의 미지근한 태도에 실망하셨겠지. 내 마음속 말을 진짜 전하지 않았더라도, 사람은 입으로만 말하는 게 아니다. 내 표정으로, 눈빛으로, 내가 숙인 머리 각도로도 아마 분명히 온몸으로 말하고 있었을 것이다. 반성합니다. 미안합니다.

정말 아이 키우는 건 어렵다. 부모역할이란 정말 많이 어렵다.

미안해요,
나는 못해요

〈용기〉

- 이규경

넌 충분히 할 수 있어
사람들이 말했습니다.
용기를 내야 해
사람들이 말했습니다.

그래서 나는 용기를
내었습니다.

용기를 내서 이렇게
말했습니다.

나는 못 해요.

엄마가 된 뒤로 외롭고 힘들었던 나는 육아 동지들을 간절히 찾아 나섰다. 아이들이 어린이집, 유치원으로 등원하면 엄마들끼리 맛있는 거 먹으면서 놀자고 모였다. 아이들이 하원하면, 이번에는 아이에게 친구와 노는 시간을 주자는 핑계로 다시 모였다. 이리 좋은 사람들을 힘든 시기에 만나서 참으로 다행이라고 생각했다. 즐거웠다.

헤어지면 지쳤다. 나이를 먹어서 체력이 떨어져 힘든 건지 이상하게 힘에 부쳤다. 즐거운데 지치는 묘한 줄다리기가 납득이 가지 않았다. 만남은 분명 즐거운 일이니, 내가 지치는 탓을 오로지 아이에게로 돌렸다. 나는 육아 체질이 아닌가 봐. 우리 아이는 너무 예민해.

아이들은 하루 종일 말 폭탄을 선물한다. "엄마 이리 와봐. 이것 좀 봐. 이것 좀 해줘. 이것 좀 줘. 엄마. 엄마. 놀아줘.

엄마 공룡놀이하자. 엄마 괴물로 변해서 날 잡으러 와줘."

아이들과의 네버엔딩 대화 뒤엔 힘이 쭉 빠진다. 이런 내게 필요한 것은 내 입을 다물고, 소리에서 벗어나서 쉬는 것이었다.

과로에 지친 사람은 휴일에 취미생활을 하기 보다 잠을 선택한다. 아이들과의 대화에 지친 나의 입과 귀에게도 휴식을 주는 것이 필요했다. 한때는 외향적이고 여러 사람들과 어울리고 밝은 모습이 옳다고 생각했다. 약속이 많은 사람이 사랑받는 존재라고 생각했다. 어린 나는 그것이 더 좋은 것이라고 생각했기에 그렇게 살고자 애썼다. 20대의 나는 그래도 지치지 않았다.

엄마라는 자리는 지독한 책임감을 바탕으로 한다. 아이들은 내가 없이는 먹지도 씻지도 자지도 못한다. 엄마 아빠의 딸로 살아가며, 용돈이 부족하면 엄마의 꾸중과 함께 십 만원씩 용돈을 추가로 받던 철없던 나는, 아무것도 못하시는 뇌병변 1급 장애인 아빠의 미래를 책임져야 하는 어른이 되었다. 세상이 동화 같지도 드라마 같지도 않다. 어른의 삶은 쓰다. 쓸수록 휴식이 필요했다.

아이들과의 시간은 가슴 벅차다. 하지만 피로했다. 그리 좋지는 않더라도, 그저 피로하지만 않으면 되는 완전한 휴식이 필요했다. 도대체 나는 무엇을 할 때 피로하지 않은가.

내가 되고 싶었던 날씬하고 아름답고 웃음기 가득하며 상냥한, 드라마 속에나 존재할 법한 엄마 모습 말고, 내가 좋아하는 것은 무엇인지 알고 싶다. 어른 사춘기가 시작되었다. 이제 진정으로 어른이 되나 보다. 이 사춘기를 기쁘게 맞이해야지.

지치지 않는 나만의 기준을 찾으려고 나를 돌이켜보니, 아이들 등원 후 나만의 시간에 주 1회를 초과하는 만남 뒤에는 피로함이 남았다. 이제 주 2회 이상의 모임은 정중히 거절하려고 한다. 타인과의 관계를 끊는 것이 아니다. 다만 내가 타인의 대화를 진정으로 귀 기울여 듣고, 온 마음으로 호응할 준비가 되어 있으려면 휴식이 필요했을 뿐이다. 이제 거절할 용기를 내려고 한다.

미안해요. 나는 못 해요.

나, 발레하는 여자랍니다

내가 그 힘든 발레 동작 자체를 정말 좋아하나? 발레 동작은 취미라고 만만히 보기에는 한 시간 내내 근력운동을 하는 것만큼 무지하게 힘들기 때문에 이것을 즐긴다니 나 스스로도 좀 애매하다. 그러나 힘들지만 분명 재미있다.

발레를 하는 사람들의 공통점이라면 아래로 처짐이 없다. 발레리나, 발레리노들은 온몸이 아름답다. 현역에 있는 분들 뿐 아니라 국립발레단 감독 강수진 발레리나, 성신여대 교수 김주원 발레리나, 은퇴한 갓지영 김지영 발레리나도 얼굴에 처짐이라곤 눈곱만큼도 없다. 촉망받는 발레리나였다가 부상으로 발레를 그만둔 배우 박소현도 그렇고, 대학생 딸이 있는 나의 발레 선생님도 온몸 어느 곳 하나 축 처지지 않았다. 그저 살짝 주름만 있을 뿐이다. 몸이야 그렇다 쳐도 얼굴로 근력운동을 하는 것도 아닌데 도대체 왜 중력의 끌어당김을 발레리나들만 피해 가는 걸까. 지구는 나도 끌어당기고 발레리나도 끌어당김이 분명하다. 내 얼굴에는 중력의 위력이 짜증나게 잘 드러나고 있는데 왜 그들은 중력을 거스르는 거지?

발레를 할 때면, 상반신 하반신을 분리하라는 이야기를 참 많이 듣는다. 다리를 앞으로 들면 상체가 숙여지는 것이 우리 몸이지만, 발레 동작은 그것을 거부한다. 다리 움직임과 상관없이 상체는 꼿꼿이 세워야 한다. 마치 위에서 누가 내 머리카락을 통째로 붙잡아 끌어당기고 있는 것만 같은 느낌을 유지해야 한다. 그런 느낌으로 하는 동작들이 많아서 발레리나들은 아래로 처짐이 없지 않을까 싶다.

근력운동을 할 때는 오만상을 찌푸리는 게 보통이다. 하지만 발레 동작은 플랭크만큼 힘들어도 찡그리지 않아야 한다. 플랭크? 근력운동하는 것만큼은 안 힘들다고? 아니다. 진정 힘들다. 학창 시절에 '앞으로 나란히' 벌서기를 해본 적이 있다면 그다지 힘들어 보이지 않지만 생각보다 힘들어서 팔을 달달 떨거나, 선생님의 눈을 피해 팔을 내렸다 올렸다를 반복한 경험이 있을 것이다. 팔도 그렇게 힘든데 다리는 오죽 힘들겠나. 다리를 들고 견디는 그 시간은 참으로 길고도 길다. 팔도 어깨는 내리고 팔꿈치는 뒤로 보내는 전혀 안 힘들어 보이지만 사실은 부들부들 떨리도록 힘든 자세를 유지해야만 한다. 백조 날갯짓과 비슷하게 두 팔로 펄럭거리는 폴드브라를 몇 번 하고 나면 팔이 찌릿찌릿할 만큼 자극이 온다.

발레라면 이제 수학계에서 구구단 외우기 정도만 겨우 할 줄 아는 나도 발레 수업이 끝나면 얼굴에 부기가 빠지고 엉덩이가 올라가고 내가 살짝 이뻐짐이 느껴진다. 온몸은 땀으로 절여지지만 소금기에 물기가 곱게 빠져 부피가 줄어든 배추 같은 내가 거울 속에 보인다. 목도 한 1센티 길어졌다. 좀 괜찮은 배추가 되었다.

그리고 나에게 발레는 정말이지 특별하다. 평범하기 그지없고 불만 가득하던 내 몸을 사랑하는 계기가 되었다. 살이 빠졌다고 해도 비만에서 겨우 정상체중으로 돌아왔기에, (그것도 과체중에 매우 가까운) 말하기 부끄럽고 웬만한 발레리나보다 족히 30kg정도 몸무게가 더 나갈 것이 뻔하지만 어이없게도 내가 감히 의외로 발레하기 좋은 조건을 갖추고 있단다.

발레에 유리한 다리 모양이 있다. 무릎이 들어가고 발등이 올라온 것을 발레계에서는 이쁜 다리 모양이라고 한다. 내 육중한 다리가 의외로 이 조건에 부합한다. 선생님은 몇 번이고 어릴 때 전공했어야 할 다리 모양이라고 말씀하셨다. 살과 알통에 파묻혀 전혀 빛을 못 보기는 하지만 그 속을 발굴하듯이 살펴보며 스모선수들 살 속에서 척추뼈를 살피듯 내 지방을 켜켜이 덜어내면 내 다리뼈가 발레리나의 다리와 닮은꼴 모양이란 것이다. 물론 수학에서도 닮음이란 것이 있다. 모양이 닮음이라도 닮음비가 1:2면 넓이비는 1:4, 부피비는 1:8이니 나는 발레리나보다 8배는 부피가 큰 다리를 가지고 있음이 분명하다. 그러나 내가 여신들 집단인 발레리나의 신체와 뼈라도 닮음꼴이라는 것 하나만으로도 자부심이 뿜뿜 올라간다.

(참고로 발레하기 좋은 조건 중 하나에 '작은 가슴'도 있다. 누구나 발레하기 유리한 조건 하나씩은 찾을 수 있다)

미운 팔자걸음을 걸어서, 걸음걸이 고치란 이야기를 어릴 때부터 하루에도 여러 번 들었던 나는 팔자걸음이 늘 콤플렉스였다. 친정엄마는 여자가 저렇게 걸으면 복 나간다며 남편에게 내가 팔자걸음을 걸을 때마다 이야기 좀 하라고 부탁하실 정도였다. 사랑하는 엄마의 부탁도 있고 나 스스로도 보기 미우니, 길에 있는 직선들을 따라 걸으며 며칠 노력하기도 했으나 걸음걸이를 바꾸는 것은 쉽지 않았다.

그러다 임신과 출산을 겪으며 아줌마가 되자 노력조차 하지 않게 되었다. 하지만 팔자걸음을 오히려 대놓고 하는 발레를 배우게 되니 정말 이보다 더 좋을 수가 없다. 턴아웃이 좋다는 칭찬을 받으며 내 팔자걸음은 미운 오리 새끼에서 백조로 돌변했다. 세상에나 내 팔자걸음이 유리한 곳이 있다니, 오래 살고 볼 일이지만 참 신난다.

발레를 시작하고 엄마와 이야기를 나누었다. "엄마, 남들이 힘들어하는 자세가 나는 안 힘들어. 왜냐하면 난 평소에도 늘 팔자걸음이니까" 라고 말하자 엄마도 "그래, 니 팔자걸음 대단하다"며 잘났다고 깔깔깔 웃으셨다. 우리 모녀는 한참을 함께 웃었다. 발레, 고맙다.

세상에서 제일 마른 직업군은 발레리나와 모델이라고 한다. 발레리나는 특히나 등까지 구석구석 아름다운 몸을 가지고 있다. 살을 빼는 게 목적이라면 날씬한 직업군 중 하나를 따라가는 것이 효율적이지 않을까? 모델이 되어 무대에서 파워워킹 하는 것은 이번 생에는 글렀으니, 발레리나 따라서 발레를 배워보는 건 어떨까? 특히 팔자걸음녀들! 어서 시작하세요. 작은 가슴녀도 함께 합시다.

나의 오늘

아침에 눈을 떠서 아이들을 유치원에 보내기 전까지의 시간은 그다지 잘 기억나지 않는다. 분 단위로 시간을 쪼개며 기계처럼 먹이고 씻기고 입힌다. 바빠서 핸드폰 할 시간도 없다. 버스를 놓치는 것은 절대 있을 수 없는 일이라며 준비에 박차를 가한다.

"우리 딸, 잘 갔다 와." 버스를 향해 손을 흔들 때 이상하게 아쉽다. 엄마 손을 떠날 때면 유난히 더 작아 보이는 내 아이의 몸, 저 조그마한 것이 잘 놀다 올 수 있을까 괜스레 걱정이 된다.

"친구들이랑 재밌게 놀다 와. 조심히 놀고, 다치지 말고.

엄마가 우리 딸 좋아하는 간식 가지고 데리러 올게. 엄마가 많이 사랑해." 섭섭하다. 아쉽다. 작은 몸을 더 안고 싶다.

시원섭섭한 마음도 잠시, 돌아서면 폴짝 날아서 집으로 온다. 드디어 내가 하루에서 가장 좋아하는 시간이다. 발레 하러 갈 준비를 한다. 애벌레가 허물을 벗고 나비가 되듯, 선녀가 선녀 옷을 입고 하늘로 날아오르듯 변신한다.

경건한 마음가짐으로 스타킹부터 신는다. 공주들이 신을 것 같은 연핑크색 발레 스타킹은 늘 설렌다. 출산 후에는 정장 입을 일이 없어서 스타킹 신을 일이 드물었다. 아줌마와 아가씨는 복장이 달랐다. 스타킹은 남의 것인 듯 어색하고, 구두는 불편했다. 시간이 지날수록 나는 점점 양말만 어울리는 여자가 되었다. 아니면 맨발이거나. 그러나 이제 다시 스타킹을 신는다. 그것도 연핑크색 발레 스타킹. 스타킹 착용 하나로 몸이 가벼워진다. 레오타드랑 스커트도 골라 입고, 쉽게 벗을 수 있는 원피스를 훌러덩 덧입고 발레 학원으로 간다.

보통 외출할 때는 음식물 쓰레기나 플라스틱 같은 재활용 쓰레기가 들려 있지만, 발레 하러 나갈 때만큼은 절대 손에 들고 나가지 않는다. 이 시간은 내가 공주가 되는 시간이다. 아줌마 말고, 공주. 쓰레기는 다음에. 이 시간은 온전히 즐겨야지.

괜히 예뻐지고 싶어서 빨간 립스틱을 바를 때도 있다. 그러나 스타킹과 레오타드, 스커트는 맨 얼굴도, 땀에 절여진 모습도 다 평소보다 예뻐지는 마법을 부린다.

살금살금 상큼한 요정 음악, 가슴을 쿵쿵 울리는 웅장한 발레 음악에 맞춰서 발레를 하는 시간은 정말이지 행복하다. 1cm라도 더 정확하게 동작을 하려고 노력하면 온몸에 쥐가 날 것 같다. 처음 시작했을 때보다 훨씬 더 힘들다. 이렇게나 힘든데, 끝나고 나면 또 수업을 듣고 싶다. 참말로 발레가 좋다. 집으로 돌아온다. 힘이 하나도 없다.

혼자서 점심을 먹는다. 나이가 들수록 혼자 보내는 일상이 소중하다. 책을 손에 든다. 책은 굳이 애쓰지 않아도 적당히 내 속도에 맞춰, 내가 읽고 싶은 만큼 읽을 수 있다. 읽다가 졸리면 낮잠 자기에도 좋다. 이상하게 핸드폰은 피곤하면서도 잠이 들지는 않지만 책은 뭐, 읽다 보면 자주 잠에 빠진다.

깜빡 졸다 보니 아이들이 돌아올 시간이다. 혼자만의 시간이 끝난 것이 아쉽다. 아쉬워하다 딸과 약속했던 간식도 잊었다. 당황하지 않고 아이스크림 가게로 아이들을 데리고 간다. 아이스크림에 세상 행복한 미소를 짓는 아이들, 이 귀여운 녀석들에게 엄마가 또 괴물처럼 화낼까 봐 미안하다. 지금부터 나의 도전도 시작된다. 나는 다른 곳에 정신이 팔려 있으면, 아이들에게 더 화를 내는 사람이라는 것을 자각했다. 아이들이 돌아오고, 잠들기 전까지 핸드폰을 손에서 내려놓을 시간이다. 크게 중요한 일이 아니라면 멀리하려고 노력한다. 몇 시간만 조심하면 된다.

발레와 책은 인내심을 쥐어짜내다 툭하면 방전되는 나를 살포시 눌러주는 것 같다. 무겁지 않게, 토닥토닥. 사랑하는 아이들에게 너도 좋은 엄마가 될 수 있다며 토닥토닥.

무엇보다 내가 제일 잘하고 싶은 것은 좋은 엄마가 되는 것이다. 마음과는 다르게 엄마 노릇에는 여전히 후회와 반성이 가득하다. 하지만 발레와 책으로 충전하고, 눈앞에 있는 아이들에게 그 시간만큼은 집중하려는 나의 오늘, 충분히 좋다. 이보다 더 좋을 수는 없다. 내일도 파이팅.

핸드폰을 내려놓았더니 다이어트도 성공했다

드라마 〈별에서 온 그대〉의 주인공 전지현 씨는 드라마 속에서 많은 것을 먹는다. 먹는 모습도 예쁘고, 참 맛깔스럽게 먹는다. 드라마가 끝난 지 몇 년이나 지났지만 유튜브를 볼 때면 천송이의 매력에 또다시 빠지곤 했다.

천송이 먹방 모음을 우연히 보게 되었다. "역시 맛있게 먹어. 저리 먹고도 날씬한 거 봐. 세상 혼자 사나 봐. 너무 예쁘잖아. 이건 반칙" 혼잣말하며 영상을 보고 댓글도 보았다. 누군가가 "전지현 씨, 입에 넣기만 하고 안 삼켜요"라고 댓글을 달았다. 에이, 천송이가 얼마나 맛있게 잘 먹는데, 궁시렁거리며 영상을 다시 보았다. 그 맛있는 라면도, 밥도, 찌개도, 반찬도 다 입에 집어넣는 장면만 있고 삼키는 장면은 없었다. 유일하게 귤만 삼켰다. 띵 머리를 맞은 느낌이었다.

전지현은 타고난 예쁜 몸매일지라도 그것을 지키기 위해 노력하고 있었다. 입에 넣은 라면을 도대체 어찌 뱉을까. 그 짭조름한 쾌감 가득한 맛을 느끼고도 뱉었다면 진정 독한 년이다.

나는? 타고난 몸매도 아닌데 관리도 하지 않았다. 애를 둘 낳아서 살찐 거라고 애 핑계를 댔다. 전지현은 애를 낳아도 날씬하기만 하더라. 애는 나만 낳았나 보다. 출산 후에도 여전히 여신인 그녀와 달리 나는 조리원 속 모습에서 별 다름없는 모습으로 살아가고 있었다.

스마트폰을 내려놓고, 책을 많이 읽었다. 내적으로 성장한 듯해서 기분이 좋지만, 사실 제일 기분 좋은 것은 다이어트에 성공한 것이다. 나도 역시나 여자였다. 옷을 사지 않아도, 예전에 입던 옷을 입어도 옷 태가 달라졌다. 나는 77 사이즈에서 드디어 벗어났다.

스마트폰을 보고 있을 때는 나도 모르게 과자에 손이 간다. 스마트폰은 스스로 음식을 불러일으키는 재주가 있는 듯하다. 스마트폰에 눈이 고정된 채 밥도 먹고, 후식으로 과자도 먹는다. 과자를 먹으면 느끼해서 생라면을 수프 가득 뿌려서 오도독 씹어 먹는다. 그 뒤엔 입이 매워서 아이스크림까지 먹어 치웠다. 스마트폰에 집중하느라 내 위가 "정신 차려. 그만 좀 먹어. 배불러!" 라고 외쳐대는 소리를 듣지 못했다. 정지신호가 없는 스마트폰 세상 속에서 내 위의 정지신호까지 듣지 못했다.

다이어트는 출산 후 성공한 적이 없었다. 다이어트 보조제도 신랑 몰래 거금을 주고 구매했지만 살은 빠지지 않았다. 틈이 날 때마다 스마트폰에 정신을 뺏긴 채, 다이어트 보조제를 믿고 더욱 먹어대고 있었기 때문이다.

스마트폰 중독에서 벗어나서 뭐라도 해보겠다며 발레를 시작하고는 아침 먹는 양을 스스로 줄였다. 발레 동작은 갈비뼈를 조이고 온몸에 힘을 준 상태로 해야 한다. 꼿꼿하고 도도해 보이는 아름다운 발레리나들은 온몸에 힘을 주고 있는 상태다. 심지어 겨드랑이에도 힘을 준다. 아침을 많이 먹으면 갈비뼈를 조이다 토할 것 같았다. 발레라는 인생 운동을 찾은 덕분에 나도 변했다. 나는 워낙 빅 사이즈였기에 변화의 폭도 크다. 하지만 발레가 체형교정 효과가 무척이나 큰 운동임은 분명하지만 무엇보다 중요한 것은 먹는 것 조절이다.

나는 사실 예전에도 이런저런 운동을 시도했지만 살은 빼지 못했다. 이제야 다이어트에 성공한 것은 분명 핸드폰을 많이 내려놓았기 때문일 것이다. '핸드폰 보면서 먹지 않기!' 이것이야 말로 내 다이어트의 핵심이다. "비만 식습관 개선, 음식 자체에 집중하세요." 뉴스에서 떠들어대면 한 귀로 듣고 한 귀로 흘려버리던 말은 사실이었다.

책을 보면 확실히 커피나 차에 손이 간다. 책을 볼 때는 배부름을 잊을 정도로 책에 빠지지는 않는다. 책은 그 정도로 재미는 없다. 자세도 비교적 바르기에 음식을 먹어도 배가 부르다는 것을 금방 인식할 수 있다. 전지현 씨처럼 입속에 있는 것도 안 삼키려는 노력을 하지 않았어도 핸드폰에서 조금 벗어난 생활을 했더니 진짜 살이 빠졌다.

"인생 운동을 찾으세요. 핸드폰, TV 보며 음식 먹지 마세

다이어트는 출산 후 성공한 적이 없었다.
다이어트 보조제도 거금을 주고 구매했지만
살은 빠지지 않았다.
틈이 날 때마다 스마트폰에 정신을 뺏긴 채,
다이어트 보조제를 믿고 더욱 먹어대고 있었기 때문이다.
스마트폰 중독에서 벗어나서 뭐라도 해보겠다며
발레를 시작하고는 아침 먹는 양을 스스로 줄였다.

요. 걔들이 몇 배는 더 먹게 만들어요. 하지만 다 알면서도 스마트폰을 안 볼 수가 없죠? 저도 그랬어요. 습관처럼. 핸드폰은 너무 재밌기에 저절로 손이 가요, 손이 가. 그러니 핸드폰 사용을 이참에 줄이는 건 어때요? 다른 것으로 대체해보세요. 책은 어때요? 핸드폰을 내려놓으시면 다이어트를 성공하실지도 몰라요."

PART 003

검색 말고 사색하는 엄마 어때요?

잃어버린 내 '청춘'과 '출산, 육아'는 인과관계?

데이터 분석에는 상관관계와 인과관계가 있다. 상관관계는 서로 그저 영향이 있다는 것이고, 인과관계는 얘(x) 때문에 재(y)가 발생했다는 거다. 얘가 원인이 되었다는 것이다. 참고로, 상관관계 안에 인과관계가 포함된다. 여자 집합 안에 유부녀 집합 이런 것처럼.

나는 초콜릿을 이토록 마구 먹었으므로 (지금도 먹고 있다. 혓바닥이 신난다고 벨리댄스를 춘다) 살이 쪘다. 그렇다면 초콜릿 섭취와 나의 비만은 인과관계가 성립한다고 볼 수 있을까?

하지만 통계학에서 인과관계는 그리 만만한 것이 아니

다. 실제로 기업과 정부에서도 혼동해서 돈 낭비를 하곤 한다. (이토 고이치로의 《데이터 분석의 힘》에 다양한 사례가 나와 있다. 페루에서는 노트북 지급이 성적 향상의 원인이 된다며 2,000억 원이 넘는 돈을 투입했으나, 2009년에 검사해보니 노트북 지급이 어린이들의 성적에 거의 영향을 미치지 않았다고 한다)

초콜릿 섭취와 비만은 어쩌면 인과관계가 아닐 수 있다. 초콜릿을 많이 먹는 사람은 그냥 식탐이 강한 사람이라 다른 것도 많이 먹었기에 비만이 되었을 수도 있다. 초콜릿 섭취가 별로 중요 원인이 아닐지도 모른다. 나이, 생활패턴, 운동 부족, 살찌는 유전자 등 이렇게 아주 많은 잠복 변수들이 있다.

아무튼 인과관계가 아닐 때가 많다는 것이 핵심이다. 나는 '잃어버린 아까운 내 청춘'과 '출산, 육아' 사이에 인과관계가 있으리라 착각했다. "애만 안 낳았어도 내가 이토록 쭈글이 펑퍼짐한 아줌마로 안 살았어!" 머리도 안 감아서 떡진 머리카락을 대충 묶은 내 꼬라지, 부쩍 늘어나는 나의 기미, 흰머리까지 이 모든 것이 출산 때문이라고 투덜거렸다.

"니들 보느라 엄마는 이렇게 살아. 엄마도 반짝반짝한 시기가 있었는데 이렇게 되어버렸어. 이게 다 너희들 낳아서 그래! 아이 낳고 나는 망가졌어. 한때는 엄마도 날씬했다고!"

정말로 출산, 육아 때문이었을까?

어쩌면 비교군 설정 자체부터 틀려먹었다. '출산, 육아가 원인이 되어 내가 망가졌다'는 가설을 조사하려면 '출산, 육아를 한 38살의 나'와 '출산, 육아를 하지 않은 38살의 나'를 비교해야 한다. 20대의 나와 지금의 나는 애초에 비교 대상도 못된다.

내가 직장인으로 살면서 38살이 되었어도 날씬했을까? 내가 아이들 없이 살았더라도 38살에 흰머리가 없었을까? 아이들 없는 38살의 내가 과연 20대처럼 반짝반짝했을까?

골드미스가 주는 이상야릇한 느낌. 겉으로는 화려하고 도도하지만 뒤로는 외로움이 있을 것 같은 묘한 느낌. 내가 진정 골드미스였다면 행복했을까? 심지어 내 월급으로 골드미스는 어림도 없다. 나는 분명 벌이의 대부분을 원룸 월세로 내면서 고만고만한 하루를 살았을 것이다. 방학 때마다 여행 다니던 내 과거가 그립지만 과거는 과거일 뿐 현실이라면 함께 여행 다닐 친구들도 하나둘 결혼하고 사라졌을 테다. 주말에 만날 친구들도 줄어들었을 것이다.

내가 망가지고 의욕 없이 사는 것은 출산, 육아 때문이 아닐지도 모른다. 상관관계는 될지는 몰라도 인과관계는 아니다. 솔직히 나는 다른 것들을 제대로 하지도 않았다. 선크림도 안 바르고 바깥을 돌아다녔다. 기미는 내 탓이다. 머리를 감지 않은 것만 봐도 그건 내가 게을러서다. 생각해보면 난 이미 20대에도 머리를 자주 안 감곤 했다.

인과관계가 안 되는 것을 인과관계라고 착각하지 말고 다른 통제 가능한 변수들을 잘 통제하려고 노력해보자. 운동, 선크림, 인스턴트 음식 줄이기 이런 것부터 통제하자.

통계학적으로도 비교군조차 안 되는 20대의 나와 지금의 나를 애써 비교하며 괜히 혼자 옛 생각에 젖어 씁쓸함에 눈물짓고 소중한 아이들에게 너희 때문이라며 억울한 눈빛을 쏘아대지 말아야지.

내가 직장인으로 살면서 38살이 되었어도 날씬했을까?
내가 아이들 없이 살았더라도 38살에 흰머리가 없었을까?
아이들 없는 38살의 내가 과연 20대처럼 반짝반짝했을까?
20대의 나와 지금의 나를 애써 비교하지 말자.
아이들 없으면 못 살면서, 아이들 때문에 못 살겠다고
투덜거리지 말아야겠다.

연이 하늘 높이 날 수 있는 것은
누군가 줄을
당기고 있기 때문이다.
하지만 연은
그 줄만 없으면
좀 더 자유롭게
하늘을 날 수 있을 거라고
생각한다.
그 줄이 없으면
땅으로
떨어지는 줄도
모르고.

- 소노 아야코, 《타인은 나를 모른다》 중에서

연이 나와 똑같다. 아이들 없으면 못 살면서, 왜 아이들 때문에 못 살겠다고 투덜거리는지 도통 모르겠다.

5등급?
고민과 각오

엄마로서의 고민을 털어놓는다. 내 아이들이 커갈 세상은 분명 빅데이터로 무장하고 최첨단 시스템을 자랑하고 인터넷 속에서 소외집단도 마음껏 본인의 의견을 내세울 수 있을 것 같다. 하지만 기득권이 떡하니 대부분의 자리를 이미 잡아버리고 커가는 새싹들에게 절대로 자리를 내줄 마음이라고는 없는 세상일 것 같기도 하다. 네 꺼인 듯 네 꺼 아닌 네 꺼 같은 나도 아니고, 기회인 듯 기회가 아닌 기회로 가득 찬 이 세상에 대한 생각을 끄적여 봐야지.

일단 빅데이터 시대에 피해를 보는 사람은 역시나 사회

적 약자라고 한다. 구글, 아마존, 페이스북, 통신사에 넘쳐나는 데이터들은 다수, 기득권의 이익을 추구한다. 2015년 서울시는 야간에 올빼미버스를 운영하기로 결정하고 휴대폰 통신 데이터 사용량을 분석해서 버스 노선도를 만들었다. 하지만《나는 농담으로 과학을 말한다》의 오후 작가는 책에서 서민을 위한 버스 서비스에서 조차 교통환경이 좋지 않아 사람이 많이 살지 않는 지역에 거주하는 최하위층은 밀려나는 셈이라고 했다.

이런 일들은 앞으로 더욱 비일비재할 것이다. 빅데이터라는 강력한 무기 속에 다수가 가는 길을 따라가는 것이 우리 아이들을 더 안전하게 보호해주는 지름길일지도 모른다. 남들처럼 공부하고, 최선을 다해 대기업으로 취업하라고 아낌없는 지원을 하는 것이 진정 아이들을 위하는 길일 수도 있다.

요즘 1등급부터 9등급으로 나눠진 성적 등급을 받는다는 것은 다들 알고 있다. 하지만 5등급이 정확히 딱 가운데 학생들이 받는 등급이란 것을 알고 있는가? 에이~ 우리 아이가 1등급, 2등급은 못해도 3~4등급 정도는 적당히 받겠지? 천만의 말씀 만만의 콩떡이다. 아니다. 5등급? 낮아 보이지만 5등급이야말로 딱 중간에 위치한 아이들이 받는 등급이다. 1등급 한우와 한돈만 먹였는데 성적이 5등급이라니 억울하다고? 그게 현실이다.

(1등부터 100등까지 100명의 학생들 중 1~4등까지는 1등급, 5~11등까지는 2등급, 12~23등까지는 3등급, 24~40등까지는 4등급, 41~60등까지는 5등급, 61~77등까지는 6등급, 78등~89등까지는 7등급, 90~96등까지는 8등급, 97~100등은 9등급을 받는다. 1,9등급 학생들은 소수이며, 중간 등급으로 갈수록 점차 많은 학생들이 배정된다)

솔직히 교사 입장에서 5등급 학생에게 냉정한 평가를 해 줄 수밖에 없다. 인 서울은 불가능하다. 수도권도 힘들 수 있다며 더 노력하라고 등 떠밀 수밖에 없다.

"네가 딱 중간인 거야. 너보다 못하는 애들도 엄청 많아. 속상해하지 마, 잘했어." 이렇게 말할 수 있다면 얼마나 좋을까. 5등급 성적을 받는 학생들이 상담시간에 성적표만 펼치면 대역 죄인인 듯 고개를 푹 숙이게 되는 이 현실이 슬프다.

아무튼 한국사회에서 살아갈 우리 아이들이다. 앞으로

지독한 성적 경쟁은 이미 두둥~ 예고되어 있다. 5등급의 성적으로는 상위권 대학에 진학하기 어렵고 명함 사회인 우리나라에서 남들이 알아주는 일자리를 가지긴 솔직히 어렵다. 이러다 보니 내 자식이 경쟁에서 우위를 차지하도록 도와주고 싶은 마음에 꾸벅꾸벅 졸고 있더라도 학원에 보내야 마음의 위안을 얻는 것이 부모 입장이다.

경쟁의 소용돌이에 휩쓸려 아이들과 같이 뱅글뱅글 돌아가고 있지 않은 지금, 아이들이 어릴 때, 내 마음가짐을 굳건히 하려고 한다. 너희들이 하고 있는 경쟁 자체가 엄청 어려운 싸움이야. 100명 중 4명 말고는 다 지고 있는 게임 속에 있기에 힘든 게 당연한 것이고, 지는 확률이 훨씬 높은 게임에 참여한 거야. 절대 기죽지 마. 힘든 세상 나 하나라도 아이들에게 무한 신뢰를 보내주자고 미리 다짐한다.

우리 아이가 5등급 이하의 성적을 받아도 너는 세상에서 젤 소중한 내 새끼라고 안아줄 각오. 고등학교 가기 싫다고 때려치우고 싶다고 하면 그래 때려치워!! 검정고시 콜! 난다 긴다 하던 엘리트들도 직장생활 20년 하고 나면 치

킨집 차리는데, 20살에 치킨집 차리는 것이 오히려 시간을 버는 길이라며 등 토닥여줄 각오. 아이의 선택을 세상에서 제일 먼저 1등으로 존중해줄 각오.

하지만 또 자신이 없다. 공부 못하는 내 새끼를 존중해줄 각오는 충만하지만 공부 못하는 내 새끼에게 "쟤랑 놀지마" 라고 하는 친구가 있을 때 웃어넘길 수 있을까? 우리 사회는 어쨌건 100명 중 1명이 뽑히는 시험일지라도 나머지 99명은 합격하지 못한 스스로의 무능을 탓하며 불합리와 낮은 대우를 받아들여야 하는 사회다. 아무리 엄마가 힘내라고 해도 그래도 굶지 않을 직업을 가진 내가 하는 말이 위로가 될까.

어쩌면 내가 학교에서 성적 하락으로 고민하고 지쳐하고 우울해하는 학생들을 많이 보았기에, 그 마음 아픈 상황을 그냥 회피해버리려고 하는 것은 아닐까? 그래도 어쩌겠는가? 소수만이 이기고, 다수가 지고 마는 힘든 성적 경쟁은 필히 나타날 테니 엄마인 나는 꼭 아이들 궁둥이 팡팡 해줘야지. 시험 망치고 기운 빠진 아이에게 아무런 질문도 하지 않고 소고기 구워주는 부모가 되기 위해 노력해야지. 앗, 소고기는 좀 무리다. 돼지고기 정도는 육즙 가득 노릇노릇하게 구워 줄 테다. 마늘까지 노릇노릇하게 굽고 끝장나게 맛있는 쌈장을 만들어줘야지.

아이의 선택을 1등으로 존중해주자고 미리 마음먹지만 오늘만 해도 나는 유치원 가기 싫다고 결정한 아이의 의견을 들은 척도 하지 않고 무시한 채 억지로 등 떠밀어 유치원 버스에 태웠다. 아이의 선택은 전혀 존중해주지 않았다. 지금 눈앞의 선택도 존중해주지 않으면서 미래의 선택을 존중해주기로 다짐하는 내 모순에 민망한 헛웃음이 나온다.

공부는
왜 하지?

엄마로도 교사로도 대답을 못하겠다. 정말로 모르겠다. 나는 솔직히 남 보여주려고 공부했다. 공부 과정이 즐거웠던 적은 별로 없다. 못 견디게 도망치고 싶은 것 까지는 아니었어도, 내 발로 나아가며 공부하기보다 질질 끌려가듯 억지로 공부를 해냈다. 배움의 기쁨보다 해야만 하는 의무에 갇혀 꾸역꾸역 공부했다. 그리고 과거의 나보다 더 힘겹게 꾸역꾸역 공부해내는 아이들을 학교에서 너무도 많이 보았다.

공부는 정말 해야만 했을까?

왜 젊은 인생의 대부분을 책상앞에 앉아 참고 억누르라는 걸까?

싱싱할 나이에 눈뜨면 책상앞에 앉는 삶이 과연 정말 의미 있는 걸까?

공부가 끝나고 나니 노화가 시작되는 우리 현실이 너무 슬프지 않나?

자아실현? 열심히 공부해서 꿈을 이루는 것?

나는 꿈을 이뤘지만 대단한 장밋빛 미래는 솔직히 없었다. 여전히 소고기 값에 손 떨며 돼지고기를 택한다. 그것도 삼겹살 말고 돼지 앞다리살. 뭐 그 과정이 대단히 청승맞고 불행한 것은 아니지만 외제차 타고 백화점에서 쇼핑하며 돈 쓰고 사는 삶은 공부로 얻어지는 것이 아니었다.

자본주의 사회에서 공부는 개천에서 용 나는 도구인 척하지만 분명 한계가 있다. 공부 최고 고수인 의대생이 되어도 결국은 고급 생산기술을 가진 노동자에 머무르는 경우가 많다. 자본가들은 우리와 다른 세계에 산다.

그래도 그나마 공부를 해야 대접받는 노동자가 된다? 10년이 넘도록 젊음의 시간을 바쳐가며 노력해서 대학 졸업장을 따고 자본가들의 회사에 취업한 뒤 그들의 자산증식을 위해 주어진 일들을 또 해내고 그래야 대접받는 노동자가 되는 건 아무리 생각해도 좀 슬프다. 물론 좋은 대학 졸업장이 다른 사람들에게 나의 가치를 보이는 것이고, 인간은 군집 동물이니 주변인의 평가에서 벗어날 수 없다고 해도 그러기 위해 감수해야 할 젊은 시간들은 역시나 너무 아깝다.

사람에게는 모두 그 나이에 맞는 각자의 짐이 있다. 10대에는 그것이 공부다. 공부를 하는 과정에서 배우는 집중력과 끈기, 어느 정도의 지식은 인생에서 필요하다. 10대에 배움의 시기를 거치는 것은, 어쩌면 그 시기에는 배움이 가장 필요하기 때문일 것이다. 그러나 노력으로 뒤집기 힘든 타고난 공부머리가 분명 존재한다. 그럼에도 학생이라면 비록 공부를 잘하지 못하더라도 무조건 노력해야 한다는 것이 슬프다. 집중력과 끈기는 공부 말고도 다른 것으로도 경험 가능하고, 수학만 보아도 어느 정도의 교양적 지식이 아니라 시험 종료와 함께 바로 잊힐 내용까지 꾸역꾸역 외우는 것이 우리나라 현실이다. 오히려 배움에 대한 역효과를 주는 것 같다.

그러면 내가 만일 10대로 돌아간다면? 나는 공부를 할까? 공부를 통해 꿈을 이뤘지만 그 직업의 현실을 알고 있는 나는 다시 내 꿈을 위해 노력할 수 있을까?

대학 졸업장 의미 없어. 그냥 놀까? 대한민국에서는 부동산이 최고야. 부동산 공부를 10대부터 할까? 주식공부? 경제공부?

내가 10대로 돌아간다면 절대 공부만 하지는 않을 것이다. 개근상이 크게 의미 없음을 알고 있으니, 답답함이 목구멍까지 차오르면 쉴 것이다. 엄마란 직업은 하루도 결석하기 힘들다. 교사도 마찬가지다. 결석하는 것이 큰 불이익이 없을 그 시절에 농땡이치고 H.O.T. 오빠들도 기다려보고, 10대가 할 수 있는 크게 나쁘지 않은 일들은 하면서 살 테다. 직장인이 되고 나이가 들면서 더 못하는 게 많아졌다. 어른이 되면 뭐든지 할 수 있을 줄 알았는데 어른의 현실은 그게 아니었다.

도대체 공부는 왜 하는가? 내 아이에게도 공부는 시켜야 하나? 나도 그렇게 공부 전도자가 되어야 하나? 명문대 나와도 어느 정도 연봉 차이일 뿐 거기서 거기 아닌가? 주변인들에게도 여기저기 물어가며 생각에 빠져 있을 때, 채사장님의 책을 보았다. 지적이고 생각하는 사람. 문과 남자의 로망이 현실에서 이루어진 분이랄까? 아무튼 내가 반해 있는 채사장님은 《우리는 언젠가 만난다》에서 지식을 얻는 방법을 이야기했다. 수업시간에 어떤 선생님이 지식을 얻는 방법에 대해 이렇게 말했다고 한다.

"별 모양의 지식을 얻으려면 어떻게 해야 하나요? 별 모양의 지식이 담겨진 책을 읽으면 될까요? 한 번에 읽으면 안 될 것 같으니 여러 번 반복해서 읽어보는 거죠. 하지만 그렇지 않습니다. 이런 방법으로는 별이라는 지식을 얻을 수 없어요. 지식은 그런 방법으로 얻을 수 있는 게 아닙니다. 다른 책을 펴야 해요. 삼각형이 그려진 책, 사각형이 그려진 책, 원이 그려진 책, 이런 책들을 다양하게 읽었을 때, 삼각형과 사각형과 원이 내 머릿속에 들어와 비로소 별을 만드는 것입니다."

아, 나는 계속 별만 알아보고 있었다. 도대체 공부는 왜 해야 하는 것인지, 만약 당신이 과거로 돌아간다면 공부를 할 것인지 여부를 꽤나 많은 사람들에게 묻고 다녔다. 하지만 공부를 해서 대기업에 취직하거나, 오래도록 공부를 한 사람들, 아니면 공부를 아주 잘한 사람들에게 묻고 다니며 공부의 이유를 찾고 있었다. 솔직히 왜 힘들게 공부를 했는데 크게 삶이 나아지지 않는가에 불만이 있었다.

그러나 공부에서 벗어난 삶에 대해서는 부끄럽게도 알지 못했다. 그것을 알아야 공부를 하는 이유를 알 수 있을 것 같다. 공부가 다가 아니라며 어쭙잖게 좋은 엄마 코스프레를 했던 나는 공부에서 멀어진 사람들이 어찌 살아가는지 몰랐다. 현실을 모르는 철없는 대졸자가 공부를 왜 해야 하는지를 이야기하고 있었다. 공부에 관한 책을 이리저리 뒤져봐도 그들도 대졸자의 시선에서 이야기하고 있다. 여전히 머리가 안갯속이다. 답답하다. 아이들에게 "공부 안 해도 돼. 해봤자 별거 없어" 라고 말하고 싶었는데 감히 나는 그럴 자격이 없다. 어렵다. 이놈의 공부.

가수 양희은의 명곡 '엄마가 딸에게'에서 엄마는 "공부해

라. 성실해라. 사랑해라" 라고 말하다 아니, 나도 그러지 못했다며 "너의 삶을 살아라" 라고 조언한다.

역시 정답이 없는 게 정답인가 보다. 그냥 아이에게 스스로 생각해서 너의 삶을 살라고 이야기할 수 있는 부모가 되기 위해 노력해야겠다. 아이에게 선택권을 준다고 하면서도 편협한 내 시각에서 몇 안 되는 정답지만 펼쳐놓고, 이 중에서 답을 고르라고 할까 봐 걱정이 된다.

"엄마는 솔직히 세상도, 공부도 모르는 게 너무 많단다. 네가 생각하고, 너의 삶을 살아라."

정답 찾는 방법을 내내 가르치고, 수학 문제를 그리 풀었건만 정작 내 문제는 도무지 답을 못 찾겠습니다.

과연 나를 위한 중독인가?

오징어잡이 배는 밤에 강한 불빛을 쏘며 오징어를 유인한다. 우리 눈에야 밤바다를 밝히는 아름다운 불빛이지만, 오징어 입장에서는 불빛이 좋다고 신나게 헤엄쳐왔는데 어부들이 낚아버리니 크게 배신당한 것이다. 자기를 잡으려는 유혹의 손길인 줄도 모르고 애써 헤엄쳐오는 오징어가 불쌍하기도 하고, 어리석게 홀려서 잘못된 곳으로 좇아오는 오징어에게 묘한 동질감도 든다. 오징어야, 너 참 불쌍하구나. 너, 나랑 어딘가 좀 닮았다.

내가 지금 바라보고 달려가고 있는 곳이 어쩌면 나의 가치를 돈으로 환산해서 팔아먹기 위해 누군가가 밝혀둔 불빛은 아닐까? 열심히 달려서 식감 좋게 쫀득한 오징어가 되는 건가? 나도 모른 채 타인의 주머니를 채워주면서 그들에게 유인당하고 있지는 않은가? 미디어들은 조금 더 많은 앱을 사용하라고 온갖 기술로 나를 유혹한다. 나는 결코 유튜브를 이길 수 없다. 시청기록을 삭제했더니 랜덤 추천을 통해 오히려 새로운 분야에 관심이 넓어졌다. 떡볶이라도 검색해보면 "짠, 얼마나 맛있게요~" 화면이 말을 하며 떡볶이 구매를 유도한다. 잠깐 치마를 검색했을 뿐인데 하루이틀 지나면 "까꿍! 잊었니? 나 마음에 들었잖아. 나 좀 봐. 예쁘지" 유혹한다.

내가 바라보고 달려가는 저 반짝반짝한 곳은 진정 내 삶에 도움이 되나? 생각 없이 따라가다가 중독되어 버리면 시간적, 금전적 피해는 고스란히 내 몫이다.

중독의 대명사는 마약 아닌가. 마약은 음침하고 무섭다. 겁 많은 쫄보인 나랑은 거리가 먼 세계다. 하지만 마약도 합법과 불법의 경계가 종종 바뀐다고 한다. 'Somewhere over the rainbow'는 1939년에 개봉한 〈오즈의 마법사〉의 주제곡이다. 제목만 봐도 저절로 흥얼거려질 만큼 유명한

이 노래를 부른 여주인공 주디 갈란드는 엄마의 묵인 하에 어른들에게 본인의 인생을 빼앗긴 피해자다. 영화를 촬영하다가 어린 그녀가 지치면 제작진이 메스암페타민을 먹이고 촬영을 했다고 한다. 메스암페타민? 지치면 먹인다고? 커피같은 건가? 놀랍게도 메스암페타민은 그 유명한 히로뽕(필로폰)이다. 일본에서 감기약 개발 중 우연히 발견되었다는 그 약물은 당시 흔히 쓰이던 합법적 약물이었다고 한다. 그 중독성 강한 마약을 당시 미성년자에게 투여한 것이다. 결국 그녀는 약물중독으로 생을 마감했다.

코카콜라에도 1929년 이전에는 코카인이 들어 있었다. 현재 코카콜라는 코카나무 잎의 향만 우려내고 코카인(코카 잎에서 추출한 환각성 물질)을 제거한 상태라고 한다. 내가 30년 넘게 마셔온 톡 쏘는 맛이 일품인 그 코카콜라가 마약인 코카인에서 출발한 것이다.

법조차 바뀐다. 내가 지금 빠져 있는 곳도 어쩌면 미래엔 불법이 될 수도 있다. 그럴 리는 없겠지만 스마트폰도 먼 미래에는 불법이 될 수도 있지 않을까? 코카콜라 속에 한때 마약성분이 들어 있었다는 것도 참 말이 안 되니까.

약물 중독은 사회 부적응자들이나 빠져드는 나쁜 것이라고 손가락질하지만, 쇼핑 중독은 여자라면 누구나 그런 시기가 있으니 괜찮은 건가? 둘 다 잠깐의 만족일 뿐 나보다 다른 이에게 경제적 이익을 주는 건 똑같다.

내가 빠져 있는 것이 묘하게 내 삶을 갉아먹는다는 느낌이 들 때면, 지금은 불법이 되었지만 한때 우리나라에서도 합법적으로 사용되던 필로폰을 떠올리면 좋을 것 같다. 법의 기준조차 변하는데 남들따라 유행따라 왔다갔다 우르르 무리 지어서 달려가다가는 오징어가 되기 십상이다. 내가 많은 시간을 보내고 돈을 쓰고 마음을 쓰고 있는 곳에 대해서 생각해보자는 거다.

잘못된 만남이든, 집착이든, 약물이든, 수면제든, 쇼핑이건 뭐든 간에 진정 나를 위한 것인지 다시 살펴보자. 세상이 그러든가 말든가 나는 내가 챙겨야지. 나에게 소중한 것에만 시간과 돈을 쓰고 스스로 판단해서 길을 나아가서 오징어 무리에서 빠져나올 테다. 그래, 나 오징어다. 하지만 독단적으로 행동하는 오징어가 될 테다.

검색 말고 사색합시다.
특히 육아 열등생들!

동시대에 살아서 그녀의 성장을 지켜볼 수 있음에 감사하는 김연아 선수는 현역 시절에 “무슨 생각을 해. 그냥 하는 거지” 라는 명언을 툭 던졌다. 역시 그녀답다. 맞는 말이다. 하나하나 의미와 이유, 생각을 붙이지 말고 단순화시키고 그냥 일단 실천해야만 오히려 현실을 담담하게 버틸 수 있다. 세상은 24시간 즐겁기만 한 곳이 아니니까. “아, 몰라. 그냥 해야지.” 그것이 최고의 전략임에 동의한다. 역시 그녀는 최고다.

하지만 그냥 해보라는 말은 어느 정도 그 분야에서 자질을 타고난 사람의 언어가 아닐까 하는 조심스러운 생각도 해본다. 김연아의 피나는 노력을 인정하지 않는 게 아니다. '그냥 해보기'란 노력을 했을 때 성장이 눈에 보이고 어느 정도 결과도 이루어낼 수 있는 능력을 가졌을 때만 통하는 전략인 것 같기도 하다. 음, 약간 소질을 타고난 상위계층, 그들의 언어인 것 같다.

해도 해도 제자리고 여전히 하위권에 머물러 있음에도 또 그냥 일단 하라는 말은 어딘가 잔혹하다. 그동안의 반복되는 노력은 부질없이 흩어지고 나만 쓸모없는 사람이 된 것 같다. 무한도전의 하나마나 송을 크게 부르고 싶다.

바다는커녕 호수도 못되고 대접도 아니고 국그릇도 못되고 간장종지만 한 마음 넓이를 가진 나는 육아에 소질이 없다. 육아 9등급으로 육아를 이겨내기는 힘겨웠다. 출산 후 급속히 노화된 몸 여기저기가 쑤시니 육아를 하다 내 몸이 다 없어질 것 같았다. 흰머리는 왜 이리 갑자기 늘었는지 모르겠다. "그냥 해봐. 무슨 생각을 해. 그냥 해, 엄마라면 네 새끼 잘 키워야지" 라고 누가 말한다면 나야말로 잘하고 싶다고 고래고래 소리치고 싶었다. 내 바닥을 고스란히 드러내는 육아는 내가 이런 사람임을 알게 했고, 나 스스로를 비난하게 만들었다.

9등급 엄마가 8등급으로 보이려면 일단 '무작정 해봐'가 아니라 왜 내가 9등급인지 마음을 찬찬히 돌이켜보고 어떤 행동이 나를 9등급에 머무르게 하는지를 반성해야 했다. 최소한 그라데이션으로 분노하고 싶지 그냥 폭발하고 싶지는 않았다. 엄마가 되고 생각하는 것이 절실해졌다. 육아에 물론 정답은 없겠지만 의미와 이유를 찾으려는 나의 생각들은 흐물흐물하던 정신력에 조금은 도움이 된 것 같다.

그중 아이들을 향한 사랑의 방식을 내가 깨달은 점이 최고의 수확이다. 지금까지 나의 한결같은 고민은 첫째 육아다. 첫째는 나의 분노 버튼을 자꾸 누른다. 둘째는 방긋방긋 웃기만 해도 강아지같이 귀엽고, 우는 모습도 귀엽기에 좀 더 너른 마음으로 품어줄 수 있는데, 첫째는 나에게 늘 서툴고 버겁다. 왜 둘째는 마냥 귀여운데 첫째의 행동에는 화부터 나는 걸까? 어쩌면 내가 둘째를 더 사랑하는 것은 아닐까? 내가 첫째를 책임감만으로 키우고 있고 사랑하지 않는 건가? 곰곰이 생각해보았다. 둘째가 더 귀여워 보이는 것은 사실이다. 하지만 만약 첫째가 아프다면 나는 더 마음이 무너지게 아플 것 같다. 남편과 이혼을 하는 상상을 해보았을 때도 둘 중 한 명만 내가 키울 수 있다면 나는 첫째를 키우겠다고 대답할 것 같다.

둘째를 귀여워하고 예뻐하는 방식만이 사랑이 아니라 첫째가 아프거나 힘겨워하는 부분을 내가 더 가슴 아파하는 것도 사랑의 다른 표현이구나. 사랑이 부족했던 것이 아니라 나는 첫째를 이런 방식으로 사랑하고 있었다. 첫째를 향한 의무감이나 책임감이 오히려 첫째 육아를 즐기게 하지 못한다는 것도 깨달았다. 좋아하는 가수의 공연을 보면서 책임감으로 똘똘 뭉쳐 박자 맞춰서 큰 소리로 호응하느라 정작 공연은 즐기지를 못하는 팬클럽 회장이 딱 내 꼴이다.

콩알만 한 것이 내 뱃속에서 자라는 소리를 내내 듣고, 내 배 아파서 낳은 나의 진정한 첫사랑. 난 이 아이를 무조건 책임질 것이다. 내가 굶고 쓰러지는 날이 와도 이 아이에게는 먹고 쉴 곳을 제공할 것이다. 이런 책임감이 역설

적이게도 끝까지 책임질 것이니, 내가 과하게 화내는 것도 괜찮다는 이상한 결론으로 이어졌던 것 같다.

나는 첫째도, 둘째도 사랑하고 있다. 사랑하는 아이들 내가 지킬 수 있게 더 생각하고 고민해서 8등급으로 올라설 테다. 툭하면 화가 폭발해서 늘 미안한 첫째에게는 화 예고를 하려고 한다. 최소한 그라데이션으로 화내기가 목표다. 1에서 10으로 건너뛰어 화내지 말자. 내 눈은 무의식적으로 둘째에게 하트 발사를 하고 있음이 분명할 테니, 의식적으로 "엄마는 첫째를 세상에서 제일 사랑해" 라는 말을 더 자주 하려고 노력하고 있다.

엄마, 참 어렵다. 그러니 생각이 필요하다. 검색 말고 사색.

세탁기 탈수 코스에서 옷이 쫙쫙 물을 털어내듯 내 짜증, 분노도 쫙쫙 짜내고 탈탈 털렸으면 좋겠습니다.

슬프게도
육아 소질 무

학교에서는 시험문제를 실제 시험기간보다 3주 정도 먼저 완성해서 보관해둔다. 학생들에게 곧 시험에 출제될 부분을 지도하고 있을 때, "중요합니다" 라고 하면 뭔가 이것이 시험문제라고 고백하는 느낌이 든다. 그러기에 빙빙 둘러서 표현을 할 때가 많다. "수능에 지금껏 다섯 번 출제되었다. 작년 수능에도 출제된 부분이다" 이런 식으로 이야기한다. 바로 알아듣고 별표를 치는 학생도 있지만, 의미없이 흘려버리는 학생들도 많다.

"잠 많이 오지? 앞사람 어깨 한 번 주물러줄까?" 이렇게 잠을 깨우고 나서 시험에 출제될 부분을 가르치기도 한다.

눈치 못 챈다. 하지만 눈빛만 봐도 신기하게 기똥차게 알아채는 학생도 있다. 이 센스는 타고나는 거지 암. 이게 사회성의 문제인가? 눈치의 문제일까? 수학에 소질 있는 학생들은 이해도 잘 하지만 시험문제란 것도 직감적으로 알아낸다. 이것은 분명 능력이다.

나는 육아 눈치 수치가 제로다. 육아에 소질이 없다. 재능이 없다. 첫째도 둘째도 아이가 우는 이유를 잘 모르곤 했다. 돌 때쯤 되면 배고프고 졸린 건 엄마들이 금방 눈치를 챈다고 했다. 우는 소리도 다르단다. 나는 모르겠다.

10대에 개를 키운 적이 있다. 그때 개가 짖으면 사람들이 주인인 나에게 물었다. "개가 왜 짖어요?"

"왜 짖는지 잘 모르겠는데요?" 다행히 개의 속마음을 몰라주는 건 주인의 결핍 사항이 아니기에 농담 반 진담 반으로 말할 수 있었다.

출산 후 "아이가 왜 울어요?" 이 말을 참 많이 들었다. 전혀 모르는 사람들까지 물어댔다. "저도 잘 모르겠어요" 라고 말할 때면 엄마 자격이 결핍된 것 같아 부끄러웠다. 특히나 우리 첫째는 아주 자주 크게 악을 쓰며 울어댔기에 지나가던 사람들이 저 여자가 아이를 훔쳐가는 도둑인가 의심스러운 눈빛을 보내기도 했다. 도대체 왜 내 뱃속에서 태어난 아이가 우는 이유를 엄마인 내가 모르지? 알아채지 못하니 해결도 힘들었다. 확실한 것은 내가 봐도 나는 육아에 소질이 없다.

지금도 아이와 함께하면 시간이 느리게 지나간다. 분명 가슴이 터지도록 사랑하는 것은 맞는데 지치고 힘들다. 신나게 함께 노는 것은 하루에 30분, 그 이상이면 수학의 정석을 푸는 것보다 1000배는 지루하다. 노잼이다. 이런 엄마 밑에서 자라는 우리 아이들이 너무나도 안타깝지만 어쩌겠는가. 나는 분명 지구상에서 우리 아이들을 제일 사랑하는 여자 사람이다. 자부심을 가져야지. 하지만 나의 부족함을 분명히 알기에 노력할 것이다.

내가 가진 문제들의 해결 방법은 독서다. 매일 책을 읽는 것을 지속하고 있다. 하지만 책을 읽어도 여전히 기분이 나쁘면 나는 빵 터지곤 했다. 아이들이 속 썩이는 이유를 곰곰이 생각해보기 보다 내 힘듦에 급급해하며 화부터 냈다. 소중한 내 아이의 마음을 계속 알아채지 못한 채로.

전략을 수정하려 한다. 그저 책을 읽는 것이 아니라 매일 육아서를 조금이라도 읽기로 전략을 바꾸자.

타고난 날씬 몸매가 아닌 내가 다이어트를 위해 매일 근력운동을 하듯, 타고난 육아 소질이 없는 나는 매일 육아서를 읽고 육아 근력을 키울 것이다. 육아 근력을 키우다 보면 언젠가는 좀 더 나은 엄마가 되지 않을까? 누군가가 가슴 절절한 연애를 하는 사람은 굳이 연애책을 읽지 않는다고 했다. 글로 익히는 것보다 실전에서 이미 잘하고 있으니까. 나는 육아 실전에 약하다. 그러니 "연애를 글로 배웠어요"라는 말처럼 육아를 글로라도 더 배워야 한다.

"오늘도 나는 생각한다. 나무를 빨리 키우려는 욕심으로 어린 묘목을 잡아당기는 어리석은 농부가 되지 말아야지. 뿌리를 뻗고 가지를 뻗는 일은 나무의 몫으로 맡겨두고 나무가 좋은 물과 햇볕을 받을 수 있도록 더 노력해야지. 내가 먼저 살아봤다고 으스대며 세상을 알려주려 하지 말아야지. 그것은 내 말이 튕겨져 나오는 가장 빠른 방법이자 나를 잔소리꾼으로 만드는 일일 테니까. 또

타고난 날씬 몸매가 아닌 내가
다이어트를 위해 매일 근력운동을 하듯,
타고난 육아 소질이 없는 나는
매일 육아서를 읽고 육아 근력을 키울 것이다.
육아 근력을 키우다 보면
언젠가는 좀 더 나은 엄마가 되지 않을까?

아이가 경험하고 스스로 깨달을 수 있는 기회를 뺏는 가장 좋은 방법일 테니까."

-《스스로 마음을 지키는 아이》 중에서

오늘 나의 가슴을 울렸던 책 속 글을 음미하며, 더 좋은 엄마가 되려는 노력을 지속한다. 물론 나처럼 부족한 엄마는 여전히 화내고, 지쳐하고, 툭하면 육아 정말 못해먹겠다고 목에 핏대를 세울 것이다. 그럼에도 중요한 것은 완벽한 엄마 모습보다 꾸준히 노력하는 엄마의 모습일 것이니 넘어지더라도 다시 일어설 것이다. 나는 누가 뭐래도 우리 아이들에게만큼은 우주같이 큰 사람일 테니까.

〈내 맘도 모르고…〉

나는 네가 어서 자서
너 없이 혼자 노는 시간을 손꼽아 기다리는데
너는 내가 어서 설거지를 끝내고
나와 함께 노는 시간을 손꼽아 기다리네…
나는 네가 혹여나 내가 설거지하는 동안

잠이 들지 않을까 기대하며 사실 일부러 천천히 설거지를 하고 있는데, 내 맘도 모르고

너와 하하호호 노는 것은 사실 재밌어서가 아니고
네가 깔깔 웃는 모습 그게 너무 이뻐서 노잼을 참으며 놀고 있는데. 또 반복하자네. 난 이제 그만하고 싶은데, 내 맘도 모르고

나는 널 온 마음으로 사랑해.
네가 내 눈에 안 보이면 온몸 세포가 덜컥 주저앉는 것 같아. 하지만 내 눈앞에서 너와 함께하는 시간은 왜 이리 노잼일까.

시간이 흘러 내가 너와 노는 게 재밌어지면
그땐 네가 억지로 노잼을 참아가며 나와 놀아주게 되겠지?
우리 부디 다음 세상에는 친구로 태어나자
니 시답잖은 얘기에 온 마음으로 환호할 수 있도록
같은 나이로 태어나서 베프가 되자

지금처럼 너무 사랑하기에 자주 서로에게 상처되고, 구속되는 사이 말고

적당히 좋아하며 같이 있는 시간은 한없이 재미있어 웃음 나는 그런 친구가 되자.

내 진정한 첫사랑~~ 우리 딸!!
너와 노는 시간이 나도 즐거운 엄마라면 좋을 텐데. 억지로 즐거운 엄마라 미안해.

우리나라 만화와 서브리미널 효과

우리 아이가 보는 어린이 만화는 잔잔한 일상 만화가 드물다.

비밀스럽게 할아버지로부터 큐브를 받게 되어, 다양한 로봇 친구들을 불러낼 수 있게 된다. (할아버지로부터 능력이 상속된다는 초기 설정부터 참으로 맘에 안 들지만 아무튼 인기 최고인 헬로카봇) 공룡은 멸종되었다고 다들 알고 있지만 사실은 몰래 숨어 존재하고 있다. 채집가가 되어 비밀스럽게 공룡을 채집한다. (공룡 메카드)

대부분 비밀이 있고, 남들과 다른 매우 특별한 능력이 있다. 비교적 일상생활이 많이 등장하는 뽀로로도 마법능력이 있는 친구가 있고, 외계인 친구도 등장한다. 자동차나 기차가 주인공인 것들도 있지만 일단 현실과는 대부분 거리가 있다.

아이들의 영어교육을 위해 DVD를 구입했다. 막스 앤 루비, 티모시네 유치원, 까이유, 찰리와 롤라, 밀리와 몰리는 한국 만화와 결이 다르다. 지극히도 평범한 어린아이들이 주인공이다. 편식을 하거나, 새로운 친구들에게 자기소개를 하고 친해지거나, 고양이를 잃어버리거나, 비를 맞거나, 모래놀이를 하는 식의 평범한 일이 연출된다. 크게 재밌지도 않다. 그저 일상생활이 잔잔하게 비추어진다.

외국 만화 속에는 흔히 존재하는 일상 만화가 왜 우리 아이들 만화 속에는 드물까? 어린이 TV 속에서는 능력 빵빵 주인공들이 하루 종일 어른들도 해결 못하는 온갖 사건들을 해결하고 있다.

특별하게 타고나거나 능력이 있어야 나도 주인공이 될 수 있다고 무의식중에 세뇌당하고 있는 건 아닐까? 평범한 날들이 주는 따스함보다 남들보다 뛰어나고 배틀에서 승리하는 아드레날린 솟구치는 강렬한 일들을 더 가치 있는 일이라고 추구하게 되는 건 아닐까?

서브리미널 효과란 것이 있다. 광고로도 사용되었다고 한다. 3,000분의 1초도 되지 않는 매우 짧은 순간에 "팝콘을 먹어!" 이런 장면을 숨겨놓는 것이다. 매우 짧은 순간이라 보는 사람은 전혀 눈치 채지 못하지만 무의식적인 자극이 인간의 잠재의식에 영향을 가하는 것이다. 잠재의식을 조종할 수도 있다는 위험성 때문에 여러 국가에서 이를 이용한 광고를 규제하고 있다고 한다. 서브리미널 효과를 교육학 시간에 배웠던 것으로 기억하는데, 특별하지 않던 영상을 느리게 재생을 하니 문득 나타나는 메시지가 꽤나 공포스러웠다. 서태지의 음악을 거꾸로 재생했을 때 '피가모자라' 소리가 나온다고 했던 그때만큼이나 무서웠다. 아무튼 잠재의식이란 무섭고도 어쩌면 중요한 것이다. 나는 지금 내 아이들에게 보여주는 만화가 마음에 들지 않는다.

그래서? 싫으면? 절이 싫으면 중이 떠나야 하는 법이다. 남편과 회의 끝에 아이들에게 티브이가 고장 났다고 사기를 치고 케이블을 해지했다. 와이파이와 인터넷만 되는 상

품으로 바꾸었다. 수십 개의 케이블 TV 채널이 끊어졌는데도 요금은 그다지 줄어들지 않았다. (대기업 씨, 너무해요!) 둘째야 아직 어리니 괜찮은데, 매일 두 시간 넘게 어린이 TV 채널을 즐기던 첫째의 거부가 격렬할 것 같아 두려웠다. '곰돌이 단유법' 하듯 미리 몇 밤 자면 티브이 안녕이야. 여러 번 스치듯 이야기하고 진짜 TV가 안 나오는 날부터 2~3일 정도 나와 남편의 에너지를 갈아 넣으며 더욱 재미있게 놀아주려 노력했더니 아이는 지지직 화면 속에서 아무리 채널을 돌려도 만화가 나오지 않는 현실을 곧 받아들였다. 예상보다 쉬웠다.

이제 만화는 DVD 플레이어를 통해 재생한 것 밖에는 볼 수 없다. 하도 볼 것이 없으니 아이는 유치원, 어린이집에서 받아온 영어교육용 DVD도 보기 시작했다. 이게 웬 횡재? 영어 학원에 보내서 영어를 학습으로 가르치고 싶은 생각은 없었지만 이리 자연스럽게 영어에 노출될 줄 몰랐다. 그동안 여러 번 시도했으나 아이가 "영어 싫어! 꺼줘"라고 화를 버럭버럭 내서 포기했던 참이었다. 아이들은 그동안 사두었던 영어 만화 DVD도 이제야 잘 보고 있다.

나라도 사랑에 관한 다큐멘터리와 내 사랑 현빈 님이 나오시는 〈사랑의 불시착〉이 동시에 방영된다면 고민 없이 〈사랑의 불시착〉을 볼 것이다. 아이도 사랑의 불시착을 끊고 나서야 어쩔 수 없이 다큐를 보게 되었다.

1년이 지났다. 솔직히 만화 속 주인공들처럼 유창하게 말하지는 못한다. 대부분 못 알아듣고 그저 그림만 구경하는 듯하다. 하지만 마이쮸를 신나게 먹고 마이쮸 껍질을 나에게 전해줄 때 "마미, 히얼 유아" 이렇게 몇 마디 하는 정도로는 성장했다. 물론 그 몇 마디 말도 만화가 아닌 유치원에서 배웠을 수도 있다. 빨라서 내 귀에는 들리지도 않는 만화 주제가를 뜻도 모르면서 목청껏 따라 부르는 모습이 귀엽기도 하다.

예상치 못한 큰 성과도 있었다. 그동안 만화 한 번 보여주면서 수십 개씩 장난감 광고를 보았기에 아이는 "엄마 이거 사줘. 저것도 사줘"를 반복했다. 이것이 진정 밑 빠진 독에 물 붓기였다. 새로운 광고가 나오면 끊임없이 갖고 싶어 했다. 유선방송을 해지하고 광고를 접하지 않으니 장난감 갖고 싶다는 소리가 쏙 들어갔다. 요즘 아이는 스티

커, 물감 이런 것들이 갖고 싶다고 한다. 올레! 네가 갖고 놀던 수십 개의 공룡 메카드 알 중 하나 값도 안 되는 것이야. 엄마는 씬이 나는 걸~ 나의 입술은 씰룩거리고 코 평수는 넓어지며 기쁨의 이산화탄소를 내뿜는다.

그저 돈을 아껴서 신나는 것은 아니다. 그동안 선물을 고를 때 곰곰이 생각하지 못하고 광고 속 한 장면만 보고 흔들렸던 아이가 스스로 필요한 것을 고뇌하고 대답한 것 같아 기특하다. 그래, 엄마도 쇼핑몰 모델 보고 옷 많이 샀었지. 정작 나에게 필요한 옷은 모델이 입은 옷이 아니었다. 흔들흔들 더 예쁜 옷에 유혹당하던 나는 쇼핑을 끊고 나서야 예쁜 것보다 나에게 더 필요한 것을 고민한다. 아이도 그 과정을 함께 겪는 것 같아 흐뭇하다.

평범한 일상이 진정한 행복이라는 것을, 남 따라 유행 따라 끊임없이 소비하라고 외치는 이 사회 속에서 부디 스스로에게 필요한 것을 구분하는 판단력을 갖추길 바란다.

'내가 더 힘들어'
배틀에서 빠져나오기

〈예정에 없던 음주〉

위로받고 싶을 때만
누군가를 찾아가,
위로하는 척했다.

- 최영미 시집 《다시 오지 않는 것들》 중에서

20대 중후반을 더듬어보자. 갓 취업한 친구들이 모이면 종종 '힘듦 배틀'이 벌어졌다. 나 힘들어. 웃기지 마. 내가 더 불행해. 우리 부장이 별로야. 일을 미룬다. 내가 세상 제일 피해자다. 억울하다. 내 이야기 좀 들어봐라. 우리 과장은 최악이다. 같이 일하는 팀원도 답답하다.

나도 그때 힘듦 배틀에 충실히 참여했다. 시험을 통과하고 뭐든 할 수 있는 드라마 속 교사가 되어 있을 줄 알았는데 매일 야간 자율학습 시간을 그저 버티며 있던 무기력한 모습과 함께 나는 불만투성이 투덜이가 되어 있었다. 친구들도 힘든 취업의 과정을 통과했는데 또 펼쳐지는 사회 속 고통에 충격을 받았을 테다.

친구들의 이야기를 들으며 위로하는 척하며 속으로는 너도 똑같구나, 나만 당하는 게 아니구나, 하며 내심 통쾌했었던가? 위로를 받고 싶었던 건가? 진심으로 위로했던가? 다른 사람의 불행을 바라는 요소가 포함되어 있던 걸까? 나는 너보다 더 잘 되어야 하기에 지금 더 억울하다는 나쁜 욕망이 만들어낸 전투였을까?

시험 합격 후에 나에게는 앞으로 좋은 일들만 지속되리라는 거만한 태도를 지녔다. 소수점 차이로 겨우 합격했으면서 말이다. 시험 합격이 뭐라고. 나 잘되라고 공부해놓고. 미래는 탄탄할 거라 믿었다. 어린 나는 세상을 얕잡아

봤다. 내가 노력했으니 세상이 나에게 이 정도는 해야 한다고 생각했다. 젊음의 노력으로 바라는 대가가 너무 많았다. 그저 억울함이 가득했다. 세상이 더 나에게 잘했으면 했다. 내가 너무 오만방자했다. 왜 나는 전지현 같은 외모를 가지지 못했나 조차 불만이었다.

힘듦 배틀 속 승자는 누굴까. 영화 〈10억〉에서는 10억을 차지하고자 최후의 승자를 가려내는 게임을 한다. 참가자는 서로서로를 의심하며 결국에는 대부분 다 죽는다. 10억을 얻은 사람보다 애초에 배틀에 참여하지 않은 사람이 진정한 위너 아닐까. 세상이란 어차피 계속 힘든 일의 연속일 것이다. 38살의 나도 올해가 처음이듯 39살의 나도 계속 처음이라 힘들 것이다.

득 될 것 없는 힘듦 배틀을 벗어나보자. 나이가 들수록 나를 위로할 사람은 나 자신인 것 같다. 친한 동생이 둘째를 처음 어린이집에 보낸 날, 혼자 초밥을 먹으러 가던 모습은 참 멋있었다.

조금이나마 알겠다. 완벽한 행복도 완벽한 불행도 세상에는 없다는 것을. 한 번의 성취로 인한 행복이 당연한 일상이 되고 짜릿함이 지속되지 않는 것처럼 불행하거나 힘든 일도 그럴 수 있는 일상으로 받아들여야 한다는 것을.

머리로 솟구치는 화를 발바닥까지 꾹 눌러대며 참고 있는데도 용수철인 듯 더 탄력 받아 다시 튀어오르는 육아의 빡침 속에 남편과 힘듦 배틀을 벌이려다 "오늘 애들 자주 싸우긴 해도 잘 놀았어"로 마무리하며 나는 오늘 힘듦 배틀에 참여하지 않고 승리했다.

이제 내가 나를 좀 칭찬해야겠다. 맛있는 거 먹어야지.

남편과
핸드폰

남편이 퇴근 후 아이들과 재미있게 놀았으면 좋겠다. 집에 내내 있던 나도 기력 딸려 아이들과 5분도 놀아주지 못하면서 회사에서 일하고 온 남편은 아이들과 하하 호호 까르르르 놀기를 바라는 나는 분명 이기적인 뇨자. 당연히 나도 안다. 그래도 여보, 이건 좀 그래.

"내가 설거지할게!"
"내가 정리할게!"
"내가 빨래할게! 여보는 쉬어!"
"어우! 밖에서 일하느라 고생했어! 집에서는 쉬어야지!"

이 말의 뒷면엔 애들 보는 것이 설거지, 집안 정리, 빨래하는 것보다 더 힘들기에 육아에서 도망가려는 심리가 절반이고, 남편이 앉아서 아이들과 대화도 좀 하고 놀이도 하면서 쉬길(?) 바라는 나의 욕망도 절반 숨겨져 있다.

솔직하게 이야기하자면 '내가 설거지하는 일을 할 테니 당신은 아이들과 놀아주는 일을 해' 이거다. 핸드폰 들고 이어폰 끼고 격투기 동영상을 보면서 진짜 쉬라는 말은 아니었다. 핸드폰 하며 아이를 보는 둥 마는 둥 있으라는 의도는 절대 아니었다.

저 격투기 동영상이나 20년째 보고 있는데 또 보는 듯한 스타크래프트 경기 동영상에서는 홀아비 냄새가 나는 것 같아서 싫다. 동영상에서 냄새가 난다. 구리 구리 구린내가 난다. 구리다. 저놈의 게임은 돈 되는 것도 아닌데 끝도 없는 것을 왜 계속 붙들고 있나 모르겠다.

저음의 목소리가 멋져서 나를 반하게 한 남자였지만 한 손에 핸드폰을 들고 이어폰을 끼고 대화하는 우리 남편의 모습은 정말이지 멋지지가 않다. 스피디하게 움직이며 멋지게 운동하는 남자는 매력이 5점 상승하지만 둔탁한 큰 손으로 작은 스마트폰 화면을 끊임없이 터치하며 게임에 빠져 있는 얄미운 손놀림은 매력지수 마이너스 만점이다.

핸드폰에 빠져서 건성건성 아이에게 대답해주는데도 아빠에게 쫑알쫑알 이야기하는 우리 아이들이 안쓰러울 지경이다. "얘들아, 너희 아빠 귀에 무선 이어폰 있어!" 외치고 싶다. 이 모습이 차라리 안 보이면 좋을 텐데 설거지를 할 때면 그릇 장의 유리에 반사되어 뒤돌아 있음에도 정확히 다 보이는 것이 함정.

아!! 그냥 내가 놀아준다고 그럴 걸 그랬다. 그러나 할 말이 없다. 내가 몇 년간 인터넷 쇼핑과 핸드폰 단체 채팅에 빠져서 한 손에 핸드폰을 붙들고 하는 육아는 더했으면 더했지 덜하지 않았기 때문이다. 변화된 나는 손에 핸드폰을 붙들고 있지는 않으나 아직도 감정 컨트롤에 실패해서 애들한테 화를 버럭버럭 낸다. 우리 신랑은 좋은 아빠다. 더 좋은 아빠가 되어달라고 부탁하는 것이 좀 민망스럽다. 나는 이곳저곳 부족한 거 투성이 엄마다. 내가 봐도 우리 신랑이 나보다 인격적으로도 더 나은 사람이다. 나는 뭐라 뭐라 잔소리할 입장이 못 된다. 이걸 어쩐담. 핸드폰을 하면서 건성건성 놀아주는 남편의 저 모습은 진짜 꼴 보기 싫다.

딱 10년 후 사춘기 우리 아이들이 엄마가 애타게 불러도 눈이 핸드폰에 고정된 채로 건들거리며 대답할 것만 같다. 받은 만큼 돌려주는 게 맞다. 내가 두세 번 아무리 불러도 사춘기 우리 아들이 스마트폰을 붙잡고 굵은 목소리로 귀찮음 가득 담아 "엄마, 아. 왜~ 뭐라고? 못 들었어." 이러면 어쩌지? 악!

이걸 어떡하나 고민이다. 일단 내가 가끔만 좋은 엄마 말고 노력하는 엄마로 좀 더 모범을 보이고 정중히 남편의 변화를 요청해야겠다.

* 남편에게 이 글을 조심스레 보여줬어요. 껄껄껄 호탕하게 웃더니 본인도 바뀌겠다며 노력하겠다고 이야기 했어요. 그러나 우리 멋진 남편은 왜인지 아직 실천하지 않고 있답니다. ^^

책 속에서 발견한 이과 문장들

나는 요즘 책 속에서 이과 문장을 발견하는 재미를 누리고 있다. 예전에 드라마 〈도깨비〉에서 뿅 반했던 부분처럼, 물론 공유가 그 얼굴에 그 목소리로 말해서 더 반했지만.

"제비꽃같이 조그마한 그 계집애가
꽃잎같이 하늘거리는 그 계집애가
지구보다 더 큰 질량으로 나를 끌어당긴다.
순간, 나는
뉴턴의 사과처럼
사정없이 그녀에게로 굴러 떨어졌다

쿵 소리를 내며, 쿵쿵 소리를 내며
심장이
하늘에서 땅까지
아찔한 진자운동을 계속하였다
첫사랑이었다."

공유 목소리가 음성지원이 되는 것 같다. 요렇게 이과 용어가 멋들어지게 쓰여 있는 것을 보면 좋아 죽겠다. 질량이라는 저 건조한 말이 물기 가득 뜨거워져 가슴팍에 팍 꽂힌다. 캬, 멋지다.

내가 오늘 반한 문장은 요거다.

"창밖은 오월인데 너는 미적분을 풀고 있다."

-《창밖은 오월인데》 피천득 시집 중에서

어머! 이 시를 왜 이제야 읽었는지. 진짜 미적분을 가르칠 때 학생들에게 소개하지 못함이 아깝다.

"얘들아, 너희를 지금 당장 문학작품 속 주인공으로 만들어줄게" 라며 읽어줬어야 했다. 아이들은 피식 웃었겠지. 언젠가 미적분을 가르치게 될 5월에 꼭 읽어줘야지. 신난다.

은유 작가님 책 속에 이런 문장도 있었다. "양육의 기쁨과 양육의 고통은 희비의 쌍곡선처럼 내 마음을 괴롭혔다. 나는 엄마라서 행복하고 엄마라서 불행했다."

어머나! 희비의 쌍곡선이라니! 원이 평면 위의 한 점에서 같은 거리에 있는 점의 집합이라면, 쌍곡선은 평면 위의 두 점에서 거리의 차가 일정한 점들의 집합이다. 원은 컴퍼스로 그려보기도 하니 쉽게 이해가 가지만 쌍곡선은 어렵다. 솔직히 나도 정확한 뜻이 가물가물해서 다시 찾았다. 아무튼, 쌍곡선은 거리의 차이가 일정한 것!

그렇다. 행복함과 불행함의 차이도 일정하다. 많이 행복하면 많이 불행하지. 쌍곡선이라는 이과생들만 배우는 헷갈리는 그 녀석이 갑자기 인생의 진리가 숨겨져 있는 보물로 보인다.

너무 신이 나서 희비의 쌍곡선을 검색하니 엄청 많이 검색된다. 유명한 말인데 나만 처음 들었나 보다. '희비의 쌍곡선' 이라는 트로트 노래도 있다. 노래 가사 중 "한 번 웃고 한 번 운다. 인생이란 희비의 쌍곡선"이란 부분이 있다.

쌍곡선의 정의를 다들 알았나 보다. 지금 나는 집에만 있는 생활이 꽤나 지루하다. 그러기에 코로나를 피할 수 있겠지. 조금 즐겁고 조금 괴로운 거다. 밖에 나가서 신나게 놀다가 코로나에 감염되면 많이 즐겁고 대신 많이 괴로울지도 모르겠다.

쌍곡선이 코로나 격리 기간에 지친 나를 위로했다. 거참 재밌다.

PART 004

정지신호가 없는 위험한 세계에서 탈출했습니다

단체 채팅방 벗어나기

단체 채팅방에서 하루 종일 "띠링" 알람이 온다. 핸드폰은 쉬지 못하고, 나도 핸드폰을 벗어나지 못한다. 육아 전우들과의 채팅은 너무나도 즐겁다. 처음으로 엄마가 되어 좌충우돌하는 어려움은, 같은 엄마들만이 온전히 이해해 주었다.

결혼하고 보니 나를 공주 대접하지는 않지만 내가 고른 멋진 내 남편. 내 심장 같은 존재인 아이들. 이 소중한 사람들을 바라보지 않고, 나는 그저 핸드폰만 바라보았다.

친정아버지는 준 프로 낚시꾼이셨다. 술 약속, 낚시 약속으로 친정아버지의 핸드폰은 불이 났었다. 이제, 아빠의 핸드폰은 울리지 않는다. 움직이지 못하시고, 말씀을 못하시고, 초라해진 우리 아빠를 찾는 친구는 점점 없어졌다.

정말 소중한 사람
나와 평생 함께할 사람
내가 어떤 모습이어도 내 곁에 있을 사람들
그들이 어떤 모습이어도 내가 함께할 사람들
이 사람들에게 내 마음의 무게중심을 옮겨야 한다.

일상의 전부를 공유하느라 쉬지 않고 울려대던 단체 채팅방을 정리했다. 대화가 그다지 많지 않고 필요한 이야기만 하는 단체 대화방은 그냥 두어도 상관없었다. 모든 대화방에서 나올 필요는 없었다.

(솔직하게 이야기했다)

"나는 대화가 도착해 있으면 궁금하고 바로 읽고 싶어. 심지어 새로운 글이 올라올까 봐 대화가 없을 때도 핸드폰을 계속 붙들고 있어. 그러다 보니 하루 종일 신경이 쓰여서 단체 채팅방에서 나가려고 해. 너희들과의 대화는 너무 즐겁지만, 하루 종일 핸드폰만 하다 보니 머리도 아프고 손목도 아파서 핸드폰 사용을 줄이기로 결심했어. 가능하다면 단체 채팅방에서만 나가고 싶어. 나에게 할 말이 있는 친구들은 개인 채팅으로 얼마든지 이야기해줘."

슬프지만 단체 채팅방에 함께 속해 있지 않다고 나를 멀리하는 모임이 있다면, 어쩔 수 없이 멀어질 수밖에 없다고 생각했다. 이번에 멀어질 인연이라면 딱 그만큼의 인연인 거였다. 언젠가는 멀어질 인연이다. 남을 미워하고 따돌리는 것도 엄청난 에너지 소모 아닌가. 유별나고 재수없다고 낙인찍히더라도 왜 나를 욕 하냐고 같이 으르렁거리며 싸우지 않으면 나를 점점 잊을 것이다.

〈무한도전 300회 쉼표 특집〉 중에서 잊히지 않는 장면이 있다. 유재석에게 "운동도 열심히 하고 담배도 끊고, 형은 왜 슈퍼맨처럼 사느냐"고 하하가 물었다. 유재석은 이렇게 답했다.

"내가 좋아하는 무엇인가를 포기하지 않으면 이 두 개를 다 가질 수는 없겠더라고. 사실 나이는 들어가고, 체력적으로도 운동을 하고 대비를 하지 않으면 내 일을 작년처럼 재작년처럼 해낼 수 없더라고. 담배도 마찬가지지. 시간이 가면 갈수록 추격전에 숨이 차고 버거운데 프로그램을 하려면 내가 아슬아슬하게 도망가는 사람을 잡을 수 있어야 재밌잖아. 그러면 어쩔 수 없지. 내가 담배 피우는 게 좋더라도 끊어야지.

이유는 단순해. 사실 모든 걸 다 가질 수는 없어. 뭔가를 포기해야 돼. 이 시간은 정말 다시는 올 수 없는 시간이야. 정말 잊어서는 안 돼. 그래서 하루하루 열심히 살아야지. 그 방법밖에는 없어."

나 혼자 마음먹는다고 바뀌는 것이 아니고, 타인과의 소통이 포함되어 있었기에 걱정이 많았다. 핸드폰 사용을 줄이고 싶었으나, 그들과의 우정은 소중했다. 하지만 많이 걱정했던 것과는 달리 의외로 단체 채팅 중독에서 벗어나기는 쉬웠다. 단체 채팅방에서 빠져나왔는데 "다시 나 좀 초대해 줘" 라고 말하게 될까 봐, 혹시 그렇게 되면 꼴이 우스울 텐데 싶어 고민했는데, 한 번 마음먹고 정리를 하고 나니 바로 단체 채팅 중독에서 벗어날 수 있었다.

개인적인 이야기는 많지 않았다. 그리 많던 이야기들은 나한테 하는 얘기가 아니라 그저 누군가에게 하는 이야기였다. 꼭 내가 아니어도 될 이야기였다.

감사하게도 예전 채팅방 멤버들에게서 다 같이 만나자고 한 번씩 연락이 온다. 몇 년간 나누었던 우정의 시간들이 그리 쉽게 없어지지는 않았다. 이해해줘서 진심으로 고마워. 소중한 육아 동지들. 너희들 덕분에 그 시기를 견딜 수 있었어. 고마워.

온라인 쇼핑을 끊을 수 있을까

단체 채팅, 쇼핑, 유튜브. 세 가지 이유로 나는 스마트폰을 항상 붙잡고 있었다. 이번에는 최고 수준의 중독을 자랑하는 온라인 쇼핑을 끊을 것이다. 나는 평소 무한쇼핑의 굴레에 자주 빠지곤 했다.

연예인이 입은 옷이 예쁘면 그 스타일의 옷을 검색한다.
마음에 드는 옷을 찾았다.
더 싼 곳이 분명 존재할 테니 최저가 검색을 한다. 더 싼 곳을 찾았다.
이 쇼핑몰이 옷을 싸게 파는구나! 기뻐하며 그 쇼핑몰의 옷을 다 살펴본다.

또 마음에 드는 옷을 찾는다.

이 옷은 과연 최저가가 맞는지 살펴본다.

다른 쇼핑몰을 또 찾게 된다.

다른 쇼핑몰에서 또 마음에 드는 옷을 찾는다.

… (무한반복)

내가 옷 헌터인지, 쇼핑몰 헌터인지, 아니면 예쁜 쇼핑몰 모델 구경이 목표인 사람인지가 모호해진다. 무엇을 사는지, 무엇을 하고 있는지도 잊고 무한 쇼핑타임에 빠져든다.

옷이란 녀석은 묘하다. 며칠을 고민해서 장바구니에 담는다. 장바구니에 담아둔 것들 중 고민을 거듭하며 살아남은 녀석들을 주문했다. 입어보자마자 이건 아니라며 반품하는 옷도 있지만, 입어보니 잘 어울리고 제법 예쁜 것 같기도 하다. 쇼핑 행위를 만족해하며 옷장에 보관한다. 중요한 날이 왔다. 야심차게 그 옷을 꺼낸다. 다시 보니 예쁘지 않다.

차라리 이 옷도 처음부터 잘 어울리지 않았다면 반품이라도 했다. 분명 배송 온 첫날에는 나에게 잘 어울리는 옷이었다. 마음에 들었다. 갖고 있던 옷과의 코디도 막 떠오른다. 옷 잘 입는 아줌마가 된 기분이다. 묘하게도 옷장에만 들어갔다 나오면 옷은 빛을 잃어버린다. 구질구질해진다. 옷은 왜 옷장에 들어가기 전까지만 예쁜 걸까. 옷의 요정이 환불도 못하도록 내 눈에 콩깍지를 씌우는 걸까. 자꾸 옷을 사도록 만드는 것일지도 모른다. 도대체 왜 외출만 하려고 하면 가지고 있는 옷은 모조리 다 마음에 들지 않는지 도무지 모르겠다.

《오늘부터 쇼핑 금지: 쇼퍼홀릭 누누 칼러》라는 책을 읽고 목화란 작물의 특징을 알게 되었다. 목화는 재배 자체가 쉽지 않다고 한다. 건조하고 뜨거운 기후에서 자라는 목화는 특정시기에 이르면 엄청난 양의 물을 필요로 한다. 목화가 먹어치울 물을 확보하느라 수로 방향을 틀고 댐에 물을 가둔 결과, 과거 지구상에서 네 번째로 큰 내륙 호수였던 아랄 해는 90프로가 말라버려 사막이 되었다. 전 세계에서 생산된 살충제의 4분의 1이 목화밭에 사용된다고 한다. 세계 보건기구에 따르면, 목화밭에서 일하다 살충제 사고로 죽는 사람이 매년 2만 명에 이른다고 한다.

이놈의 목화는 까다로워서 물과 살충제를 어마어마하게 사용해서 재배되고 있었던 것이다. 2017년 살충제 성분이 달걀에서 검출되었다고 해서 엄마들이 발칵 뒤집어진 적이 있었다. 지금까지 달걀만큼은 유기농 제품을 비싼 돈을 지불하고 사 먹고 있었다. 참으로 부질없다. 나는 아이들에게 살충제를 범벅해서 키운 목화로 만든 옷을 입히고 있었다. 살충제는 장기간 토양에 잔류한다는 것도 슬프다.

옷장에 묵혀 있고, 그저 스트레스 풀이용으로 샀으며, 쉽게 사고 쉽게 버렸고, 사놓고 자주 입지도 않을 나의 옷들을 만드느라 쓰였을 살충제와 물을 생각하니 지구에 죄를 지은 기분이다. 환경보호운동에 직접적으로 참여는 못하더라도, 옷 사는 거 줄인다고 치명적으로 타격을 입는 것도 아닌데 지구를 오염시키는 직접적인 가해자가 될 수는 없다. 장바구니에 담았다 뺐다 반복하는 아까운 내 시간, 부족한 내 돈, 살충제와 물을 떠올리자.

잠시라도 쇼핑을 끊을 수 있을 것 같다. 단순히 쇼핑을 끊어내고 욕구를 억누르는 것이 아니라 이제 쇼핑의 기준을 바꾸려고 한다. 얼마나 예쁠까 보다 얼마나 자주 사용할까를 떠올리기로 했다. 하늘 아래 같은 스트라이프는 없다며 또 줄무늬 티를 사지 말고, 매일 입을 속옷 사는 것을 우위에 두기로 했다.

쇼핑을 끊고, 미용실도 매달 가야지. 커트 비용은 2만 원 정도다. 2만 원인 원피스는 또 옷장에 분명 처박힐 테지만 쉽게 사곤 했다. 내 옷장은 이미 2만 원짜리 옷들로 가득하다. 하지만 매일 나와 잠시도 떨어지지 않는 내 머리카락에 드는 2만 원은 이상하게 아깝다. '머리카락 금방 자라는데 돈 낭비야. 어차피 머리끈으로 묶을 거잖아' 라고 생각했다. 내 몸에 쓰는 2만 원을 아까워하지 말자.

우리 집 베란다로 향하는 문이 덜컥거리고 잘 닫히지 않는다. 20만 원 이상의 돈이 필요해서 비싸다며 몇 달째 수리를 미루고 있다. 하루에도 몇 번씩 힘주며 문을 닫고 있다. 쇼핑을 줄였다면? 문은 진작 수리되고도 남았을 것이다. 옷 입고 예뻐진 나를 상상하며, 고작 그 설렘을 위해 매일 내가 살고 있는 공간의 수리를 안 하는 것이 참 어리석다. 나는 뭐가 중요한지 모르는 인간이다.

다만 취미 발레에 필요한 레오타드는 기존에 가지고 있는 것이 부족하니, 계절이 바뀔 때 다른 옷들은 사지 않고 오직 레오타드만 사기로 했다. 인터넷으로 사려면 며칠을 핸드폰을 들고 뒤적거릴 것이 뻔했으므로 반드시 오프라인 샵에 가서 직접 입어본 후에 사기로 마음 먹었다. 하루 날 잡아 서울 가자. 이것이 내 소중한 시간과 반품비용까지 절약하는 길이다.

속지 말자. '꾸안꾸(꾸미지 않았으나 꾸민 듯한)' 옷이란 없었다. 늘 '꾸미지 않았다' 까지만 성공이었다. 꾸민 것 같은 예쁨은 나오지 않았다. 얼굴이 전지현이거나, 몸매가 전지현이거나 아니면, 전지현이어야 가능한 일일지도 모른다. 그토록 실패를 반복하고도 편하면서 나를 예쁘게 만들어줄 옷을 찾아 서성이지 말자. 먼저 옷장에 쌓여 있는 내 옷부터 입어보자. 이 옷들을 만드는 과정에서도 물과 살충제를 어마무시하게 사용했을 테다.

옷 사기를 멈추고 다섯 달이 지났다. 나의 스타일에는 전혀 변화가 없다. 자주 옷을 살 때도 입던 옷만 입었기 때문이다. 취미 발레를 시작하고 살이 빠지니 작아서 못 입었던 옷들도 꺼내 입을 수 있다. 유행에 둔감해지면서 옷에 조금 관심도 없어졌다. 매일 쇼핑몰 사이트를 들락거릴 때는 사고 싶은 것들이 수십 가지였다. 오히려 자주 안 보니 갖고 싶은 것이 줄고 있다.

싼 것만 계속 사서 쟁이던 나에서 벗어나고자 한다. 《여자의 옷장은 여자의 인생을 닮았다》는 책의 제목을 기억하자. 내 옷장이 아니라 내 인생이다. 싸구려로 가득 채우지 말자. 남들 따라 사는 옷들이 아니라 나에게 진정 필요한 것으로 채우는 노력을 하자.

옷 안 사고 살아보기 중간점검

쇼핑몰 속 모델의 모습과 같은 옷을 입은 내 모습 사이는 확연한 거리감이 있다. 흡사 드라마 속에서 사랑에 빠진 연인들이 나란히 서서 양치질을 하는 것과 현실 양치질 사이의 거리감과 같다. 남녀가 뽀얀 거품을 내며 깔깔 웃으며 싱그럽게 양치질하는 모습이 드라마 속의 모습이라면 현실의 양치질은 이빨에 끼인 고춧가루를 탈출시키거나 깊숙이 낀 시금치 줄기 따위를 힘겹게 잡아 빼는 추잡한 일상이다. 현실과 화면이 다르듯이 그녀와 나는 다르다. 나도 이미 안다. 알다마다. 어우 저 쇼핑몰 모델 같은 느낌은 언감생심 바라지도 않는다. 그러면서 왜 또 그녀의 착

샷을 보고 난 무너지는가. 쇼핑몰 속 그녀는 애벌빨래하듯 미리 양치질을 해놓고 다시 양치질하는 척 촬영 중인 배우와 같다. 그녀는 미운 부분을 다 도려내고 제일 다리가 길어 보이고 이뻐 보이는 각도로 사진 찍혔을 뿐이다. 저렇게 입기만 하면 샤랄라 변신하는 옷은 현실에 없다. 지금 나를 더 이쁘게 만들어줄 옷을 찾아 서성이는 이 시간에 차라리 운동으로 복근을 만드는 게 더 빠를지도 모르겠다. 나처럼 한 번 구경하기 시작하면 끝을 모르고 멍하니 이것저것 며칠이고 보는 사람은 특히 그렇다.

이렇게 글을 쓰고 있는 이유는 지금 내가 옷이 사고 싶기 때문이다. 9개월 넘게 끊은 쇼핑몰을 또 뒤적인다. 자주 들여다보던 곳이었는데 그간 쇼핑몰 이름을 잊어버려서 기억해내느라 굳이 애썼다. 봄바람이 살랑살랑 내 마음을 간질였다. 코로나 격리기간에 나를 위로해줄 예쁜 옷 하나 살까 자기 합리화하는 마음이 일어난다. 내가 사고 싶은 옷은 꽃무늬 원피스와 트렌치코트다.

나는 꽃무늬 원피스 덕후다. 꽃무늬는 언제나 예쁘다. 요거 하나만 훌러덩 입고 나가면 위아래 위위 아래 맞춰

입지 않아도 원피스 하나만으로도 세련되어질 것만 같다. 냉정해지자. 솔직히 아이들과 산책을 나가면 돌멩이를 수십 번 주워주거나 나에겐 신기하지 않은 벌레들 구경을 함께 해드려야 한다. 앉았다 섰다의 무한반복이다. 짧은 원피스는 엉거주춤 숙이거나 무릎 굽히기가 곤란하고 긴 원피스는 앉을 때마다 바닥에 질질 끌려서 그걸 움켜쥐는 것이 더 귀찮다.

트렌치코트는 역시나 봄에도 예쁘다. 가을의 트렌치코트와 봄의 트렌치코트는 또 다르다. 내 옷장에는 가을의 트렌치만 있다며 추가 구매를 지지하는 마음이 생겼다. 하지만 트렌치코트란 자고로 빳빳하고 갖춰 입은 느낌이 나야 예쁘지 않은가. 스튜어디스들이 곱게 올림머리 한 채로 목에 스카프 나풀거리며 트렌치코트를 입어야 제 맛이다. 나는 아이 둘과 늘 함께한다. 나의 옷은 구겨진 트렌치코트가 될 것이다. 그런 옷을 원하지는 않았다.

역시 롱티에 레깅스가 나의 생활패턴에는 딱이다. 예전부터 내가 사려는 옷은 현실에서 입는 옷과 동떨어진 거였다. 그러니 몇 년간을 사고 또 사도 입을 옷이 없었다. 자, 지금 내가 사고 싶은 저 두 가지도 내 옷장에 걸릴 옷이지 내가 입을 옷이 못된다. 들뜸이 사라진다.

그동안 옷 쇼핑을 멈추고 크게 깨달은 바가 있다. 옷의 기회비용은 늘 돈이라고 생각했다. 새 옷을 사지 않으니 옷장의 변화가 없었다. 새 옷 하나가 내 옷장에 걸리는 대신 오래되었지만 내 체형에 잘 맞아 자주 입고 애정하는 옷 하나가 새 옷에 가려지고 있었음을 몰랐다. 나는 새 옷을 삼으로써 옷걸이에 잘 걸려 있던 기존의 옷을 행사 매대로 보내버렸던 거다. 무한 옷장을 가지고 있는 것이 아니라면 새 옷의 기회비용에는 돈도 있지만 잘 입고 있던 기존 옷이 시야에서 멀어짐도 있었던 것이다.

쇼핑이 주는 위력을 알고 있다. 잘 고른 옷 한 벌이 주는 기쁨을 알고 있다. 하지만 지금은 잘 고른 옷 한 벌을 입을 일이 드물다. 쇼핑을 영원히 하지 않겠다는 것은 솔직히 아니다. 지금의 나에게 맞는 시간과 돈을 쓰고 싶다는 것이다. 추후에 사람 만나는 일이 잦아질 때는 옷을 살 예정이다.

인터넷 쇼핑은 며칠뿐이었지만 역시나 금 같은 나의 시간을 후루룩 잡아먹었다.

가수 박진영의 철저한 시간관리 비법을 살펴보자. 그는

계절이 다가오면 옷 두 벌을 골라둔다고 한다. 봄가을 옷 2벌, 여름 2벌, 겨울 2벌 1년에 단 6벌만 입는다고 한다. 옷을 결정하는 시간이 아깝기 때문이다. 운동화의 혀 같은 부분도 빨리 신기 위해 미리 꿰매어 놓는다고 한다. 그는 신기 위해 앉아야 되는 신발은 무조건 신지 않는다. 바지도 입는 시간이 아까워서 고무줄 바지만 입는다고 한다.

"저는 시간이 항상 모자라요. 제가 굉장히 놀란 적이 있는데, 남들이 그렇게 안 산다는 거에 충격을 받았어요. 좀 부지런한 사람은 다 나처럼 살고 있는 줄 알았어요. 시간에 대한 개념이."

그의 말은 울림이 있다. 한때는 희한한 옷을 입고 처음 들어보는 노래에 묘한 춤을 추던 좀 이상한 사람 같기도 했던 박진영 아저씨가 어느새 멋진 박진영 오빠가 되더니, 철저한 자기관리로 늙지도 않아 이제는 오히려 내가 누나 같아서 감히 오빠라고도 부르기 뭣하고 박진영 씨라고 불러야 될 것 같은 그분은 역시나 하루하루를 아껴 쓰고 있었다.

입을 옷을 고르는 것은 집중력을 흐트러트리기에 그 에너지를 다른 곳에 쓰고 싶다며 청바지에 검정 터틀넥만 입었던 스티브 잡스, 늘 회색 티셔츠나 후드티에 아디다스

신발을 신는 페이스북 창립자 마크 저커버그도 박진영과 너무나 닮았다. 그리고 그들은 나와 생활방식이 너무나도 다르다. 성공한 사람들은 역시 배울 점이 많다.

〈무한 옷장? 유한 옷장?〉

(재밌는 수학 내용이라 적어봅니다)

내 옷장은 한계가 있기에, 새로 옷을 사면 기존에 입던 옷을 걸어놓을 자리가 없어진다. 내 옷장이 무한이면 좋겠다. 무한 숫자의 세계에선 하나의 숫자가 추가되어도 전체 수의 크기는 여전히 같다. 무한이란 이상하고 아름다운 도깨비나라 같은 세계다.

예를 들어 자연수 집합(1,2,3,4,…)으로 룸넘버가 붙어 있는 무한 호텔이 있다고 하자. 손님이 가득 찼다고 가정하자. (주인은 무한정 돈을 벌 테니 세계 최고의 부자일 것이다) 만약 손님이 새로 한 명 더 오셨다면, 방이 가득 찼으니 아쉽지만 돌려보내야 될까? 아니다. 유한과 무한의 차이는 여기서 나온다. 방송을 한 번 하면 방이 하나 새로 생긴다. "손님들, 각자 자기 방 숫자보다 한 숫자 큰 방으로 이동해주세요." 그렇게 되면 1번 방 손님은 2번 방, 2번 방 손님은 3번 방… 모든 손님이 이동한다면 기존의 손님은 여전히 자기 방이 있지만, 1번 방은 비게 된다. 거기에 새로운 손님이 투숙하면 된다. 즉, 무한 집합에는 하나의 원소가 추가되어도 전체 수의 크기는 똑같다.

참고로 새로 손님이 2명 오셔도? 당연히 투숙할 수 있다.

"손님들, 자기 방 숫자 +2 방으로 옮겨주세요" 라고 방송하면 된다. 그러면 1번 방 손님은 3번 방, 2번 방 손님은 4번 방… 이동이 끝나면 1번 방, 2번 방 두 개가 비게 된다.

그러면 손님 100명이 추가되면?

당연히 가능하다. "자기 방 숫자+100 방으로 옮겨주세요" 라고 방송하면 1번 방 손님은 101번 방, 2번 방 손님은 102번 방… 으로 옮기면 된다.

(혹시 흥미롭다면 '힐베르트의 호텔'을 검색해보시면 추가 내용을 알 수 있어요)

내 옷장이 무한이면 좋겠다.

내 돈이 무한이면 좋겠다.

아니다. 지금은 나의 인내심과 체력이 무한이면 그걸로 참 좋겠다.

스마트폰 중독을
책 중독으로 대체하다

나는 스마트폰 중독에서 벗어나고 싶었다. 육아를 진심으로 잘 해내고 싶었다. 좋은 엄마가 되고 싶었다. 사랑스러운 아이들 옆에서 핸드폰을 내내 붙들고 있다가 버럭 화내고 마는 내 모습이 싫었다.

아이들이 방해하더라도 내가 화가 나지 않았던 때가 언제였는지, 내가 무엇을 하면 아이들을 더 사랑해줄 수 있을 것 같은지 스스로에게 묻고 또 물었다.

책이었다. 솔직히 책은 핸드폰만큼 재미가 없었기에, 책을 보는 도중에 아이가 방해해도 화가 나지 않았다. 핸드폰은 지금 당장 스피디하게 처리해야 할 것들이 많았지만 책은 접어뒀다가 나중에 봐도 무방했다. 핸드폰은 아이도 빼앗아서 누르고 싶어 해서 "좀 그만해. 엄마 꺼야" 라며 짜증을 내는 경우가 많았지만, 책은 아이도 관심이 없었다. 그림도 없고 글씨만 가득한 엄마의 책은 보는 둥 마는 둥 했다. 아이가 책에 관심을 가져주면 오히려 감사할 일이었다. 육아 서적을 읽다가 아이가 다가오면 새삼 우리 아이가 건강한 것이 고맙고 예쁘고 사랑스러워서 방실방실 웃으며 답변할 수도 있었다. 그래 이거다. "교과서 위주로 공부했어요" 라는 전교 1등의 말처럼 너무 당연한 이야기라 놓치고 있었다. 역시 자기계발은 독서에서 시작된다. 나도 핸드폰을 내려놓고 책을 읽어야겠다.

책이라고는 멀리하던 내가 갑자기 책을 읽으려니 처음에는 도통 재미가 없었다. 쉽게 읽히는 책부터 시작했다. 우리 집은 도서관에서 도보 5분 거리에 있다. 도서관에서 그저 재밌어 보이면 마구 빌려왔다. 어느 날 도서관에서 일하는 분이 "책을 참 좋아하시나 봐요" 라고 웃으며 말했다. "대부분 안 읽고 반납하는데요" 라고 솔직히 말하려다

싱긋 웃고 말았다. 나를 책을 좋아하는 사람으로 보는 시선 자체가 신기했다. 나는 정말 책과는 거리가 먼 사람이었다.

아이들 앞에서 핸드폰은 사용하기 싫고, 난 뭐할지 애매한 상황(예를 들면, 아이들이 자기들끼리 잘 놀고 있을 때)에서 책을 보기 시작했다. 핸드폰을 더 이상 사용하지 않으려고 서랍에 넣어두면, 손이 심심해서 책을 더 읽을 수 있었다. 그러다 점점 책이 좋아졌다.

책을 읽고 나면 꼬리에 꼬리를 물고 생각에 잠기게 된다. 행복했던 일, 실패한 인간관계, 좋았던 경험, 다양한 일들을 곱씹게 된다. '아, 그때 그러지 말걸. 앞으로 이래야지' 다짐도 한다. 글로 남기고 싶은 생각들도 마구 떠오른다.

동영상을 보고 나면 딱 동영상 내용 거기까지만 생각이 난다. 빵빵 터지며 하루 종일 몇 번이나 혼자서 피식 웃기도 하는데 '유재석이 되게 웃겼어' 이 정도에 그친다. 예쁘고 잘생긴 연예인들의 이야기에서 지극히도 평범한 내 삶을 떠올릴 일은 없다. 반짝반짝 주인공 같은 연예인들에 비하면 나는 철저히 조연 같다. 그것도 비중이 아주 작은

육아를 진심으로 잘 해내고 싶었다.
좋은 엄마가 되고 싶었다.
사랑스러운 아이들 옆에서 핸드폰을 내내 붙들고 있다가
버럭 화내고 마는 내 모습이 싫었다.
솔직히 책은 핸드폰만큼 재미가 없었기에,
책을 보는 도중에 아이가 방해해도 화가 나지 않았다.

조연. 엑스트라. 책을 보는 사람들을 외향적이지 못하고, 사람들과 어울리지 못해서 책으로 도피한다고 생각했던 적이 있었다. 현실세계가 여유롭고 배부르고 고상한 사람들이 책을 본다고 여겼다. 나의 삶은 바쁘고 고상하지 않기에 책을 읽는 것이 불가능하다고 자기 합리화했다. 괜한 부러움에 서울대생을 공부밖에 모르는 범생이들이라 비하하듯 나는 온갖 핑계를 대며 책 읽기를 거부하고 있으면서도, 책 읽는 사람들을 평가절하하고 있었다. 독서는 전망 좋은 고층 아파트에서 혼자서 와인을 먹으며 클래식을 즐기는 모태솔로 초식남 같은 느낌이었다.

30대 후반이 돼서야 책을 접하며 깨달았다. 나야말로 먹을 것, 잘 곳 걱정 없는 지극히도 평탄한 인생이었다. 차가운 현실을 극복하기 위해 이를 악물고 책을 읽고, 글을 쓰는 사람들이 너무나도 많았다. 책 속에서는 전혀 우아하지 않은 현실의 속살을 그대로 드러내고 있었다. 책은 '모쏠 초식남'이 아니었다. 오히려 '굳세어라 금순아'였다.

드라마 속 주인공은 너나 할 것 없이 아름답고 특별한 존재다. 캔디처럼 외로워도 울지 않으며 재벌남도 척척 만났다. 현실에서 한 번도 본 적이 없다. 벤츠 타고 다니는 재벌남을 버스 타는 내가 스치듯 만날 일도 없다. 반면 책 속 주인공은 정말 길거리에서 금방이라도 만날 것 같은 사람들이다. 나에게 직접 찾아와 손을 잡고 등을 두드려줄 것 같은 존재들이 책 속에 있다. 책에는 내 현실을 찰떡같이 알아채고 공감해주고 같은 눈높이에서 이야기를 할 수 있으며 지혜롭기까지 한 친구들이 가득하다. 나에게 위로가 되는 것은 나와 비슷한 처지의 사람들이었다. 같이 상처입고 이를 극복하기 위해 노력하는 사람들의 이야기가 마음을 울렸다.

핸드폰 속 세상에서의 나는 화려한 그들을 그저 구경하는 사람이었지만, 책은 작가가 내 눈앞에서 커피 한 잔 하며 말을 건네는 느낌이다. 나와 동떨어진 유명인들의 스마트폰 속, TV 속 화려한 세상 속에서 비중 없이 구경만 하는 엑스트라가 되지 말고, 책 속 친구들의 이야기를 코앞에서 들으며 주인공은 못되더라도 주인공 친구 정도는 될 테다.

TV를 하루 종일 볼 때는 보고 싶은 방송이 너무 많았다. 요즘은 보고 싶은 책이 너무 많다. 《공부머리 독서법》에서 책 속의 첫마디가 주는 의미와 방향을 곱씹으며 책을 읽으라고 배웠다. 이를 실천하니 더 재미가 있다. 왜 작가는 이 주인공을 이 직업으로 정했을까? 왜 이 장소에서 만났지? 곱씹으니 아주 재밌다.

책은 독후감 쓸 때만 억지로 읽었던 나조차 책이란 녀석이 재미가 있다니 스스로가 놀라울 지경이다. 내가 좀 기특하기도 하다.

아이 앞에서 핸드폰 안 하기,
망했다

비굴한 변명이지만, 생리기간이 다가오고 있었다. 출산 후 더욱 강력해진 나의 여성호르몬이 정신을 지배했다. 축 축 처지며 귀찮아 피곤해의 늪에 빠져들었다. 누워 있으니 핸드폰에 손이 갔다.

발레 카페에서 중고 레오타드를 만원에 구매했다. 수입 브랜드라 정가가 7만 원 이상이지만, 슬프지만 고맙게도 나의 77 사이즈가 발레계에선 흔한 일이 아니라 팔리지 않고 있었다. 입어보니 꽤나 잘 어울린다. 정가였어도 샀을 만한 발레복이었다. 성공적인 중고 구매까진 좋았으나, 짜릿한 득템의 추억은 중독을 남겼다. 좋은 중고 발레복을 놓치지 않으려고 먹이를 찾는 배고픈 하이에나가 되어 수시로 카페를 들락거리기 시작했다. 중고 장난감과 책을 찾아서 맘 카페, 특가 세일 옷을 찾느라 구매 대행 카페를 주야장천 새로고침하던 예전의 나로 정확히 돌아왔다.

'옷 안 사기'를 지키고 있다. 하지만 애초에 발레복은 예외였다. 계절의 변화로 추가 구매할 것이 생겼다. 다리가 시리고 팔이 추워서 워머를 구경하기 시작했다. 하지만 역시나 구경할수록 더 많이 알게 된다. 다리 워머 1개를 구매하려고 했지만 긴팔 레오타드, 매쉬 워머, 고리형 워머, 땀복, 슈러그까지 구매 리스트에 올렸다.

다만 취미 발레에 필요한 레오타드는 기존에 가지고 있는 것이 부족하니, 계절이 바뀔 때 다른 옷들은 사지 않고 오직 레오타드만 사기로 했다. 인터넷으로 사려면 며칠을 핸드폰을 들고 뒤적거릴 것이 뻔했으므로 반드시 오프라인 샵에 가서 직접 입어본 후에 사기로 마음 먹었다. 하루 날 잡아 서울 가자. 이것이 내 소중한 시간과 반품비용까지 절약하는 길이다.

불과 몇 달 전에 내가 썼던 글이다. 워머는 레오타드 위에 입는 카디건 같은 느낌이라 사이즈의 제약이 크게 없으므로 잠시만 시간을 내어 핸드폰으로 서둘러 구매하려고 했다. 계획과 다르게, 나는 며칠 내내 핸드폰으로 수십 시간을 구경 중이다.

첫째가 열이 나서 유치원에 등원하지 못했다. 소아과 예약을 하려고 했다. 난 또 샛길로 빠진다. 이미 생리전 증후군으로 정신이 반쯤 나가 있던 나는 소아과 예약 후, 홀린 듯 중고 발레복을 보고, 발레복 쇼핑몰까지 이리저리 구경한다. 네이버 연예 기사도 마구 클릭한다.

내 몸이 축 처지니 칭얼대는 아이는 두 배로 귀찮다. 하루가 너무 길다. 세끼 다 먹이려니 돌아서면 설거지다. 당 떨어져 초콜릿을 찾듯 즉각적인 재미가 당겼다. 잠시 엄마 노릇을 한 뒤에는 대부분 스마트폰을 집어 들었다.

아이 앞에서라도 핸드폰 안 할 거라며!

인터넷 쇼핑은 내 시간을 버리는 거라며!!

너 다짐했잖아! 애들 앞에서만 핸드폰 안 하면 되는데 도대체 왜 못 지켜!!!라고 내 안의 내가 비웃는 듯하다.

아이 앞에서 핸드폰 안 하기, 또 망했다

아이 둘 다 일주일씩 40도가 넘는 열이 났다. 고열만 나면 악몽처럼 가와사키병이 떠오른다. 핸드폰을 손에 든다. 가와사키병은 이미 너무나 잘 알면서, 굳이 여기저기 검색을 시작한다.

첫째는 가와사키병에 걸린 적이 있다. 희귀병이지만 90프로가 금방 낫는 병이었다. 그러나 1차 2차 3차 치료에도 반응하지 않아 새로운 신약을 투여해서 한 달 만에 대학병원에서 벗어났다. 퇴원 후 3개월 동안 집 안에만 있었다.

1년 뒤 재발했다. 재발은 심장 후유증에 더 취약하지만 다행히도 아이가 1년 동안 컸는지 덜 아프고 회복했다.

40도가 넘는 흔치 않은 열이 계속되자 또 가와사키병은 아닌지 덜컥 겁이 났다. 의사 선생님들의 진단이 잘못되었을까 소아과 두 곳을 방문했다. 단순 편도염이라고 했지만 그래도 불안했다. 증상을 검색하며 계속 맘 카페를 들락거렸다.

맘 카페 속에 아무리 정보가 넘치더라도 내 아이를 직접 진료한 전문가인 의사 선생님의 진단을 믿었어야 했다. 불안하면 차라리 다시 병원을 방문했어야 했다. 핸드폰 속의 정보가 도움이 되는 상황이 아니었다. 아이들 앞에서라도 핸드폰을 하지 않겠다는 다짐이 무너졌다. 불안한 엄마는 핸드폰 속의 세상 속에서 내내 허우적대고 말았다.

증상 검색을 하다가, 도통 먹지 않는 아이들이 걱정돼서 '아이들이 아플 때도 잘 먹는 요리 모음'을 검색하기 시작했다. 지구상에는 아픈 아이들이 잘 먹는 요리란 이미 공룡시대쯤에 멸종되어 존재하지 않음을 알면서도 찾아본다. 예민해질 대로 예민해진 나는 약이 과잉처방되지는 않았을까 걱정하며 처방전에 있는 약 목록을 다 찾아보고, 굳이 부작용까지 검색했다.

나는 엄마다. 나는 어른이다. 핸드폰을 내려놓고, 평소보다 더 따스한 눈길로 아픈 아이들을 지켜봤어야 했다. 내가 더 불안해서 동동거리지 말았어야 했다. "아프지만 괜찮아. 아프면서 크는 거야. 엄마가 지켜줄 거야. 의사 선생님이 우리 이쁜이를 위해 딱 맞는 약을 처방해 주셨어. 금방 나아질 거야." 믿음을 주었어야 했다. 엄마가 약봉투를 들고 찡그리며 내내 핸드폰을 하고 있던 모습이, 아픈 아이 눈에 어떻게 비쳤을까?

우리 아이들은 고맙게도 잘 견뎌냈다. 현실에 담담해지자. 진정 비극이었던 일은 예측하고 걱정했던 일이 실제로 벌어졌을 때가 아니었다. 아빠가 몇 년째 내 이름조차 부르시지 못할 것이라고는 상상조차 하지 못했다. 아직도 흰머리가 거의 없는 나의 젊은 아버지, 아빠가 유모차를 태워주던 우리 첫째는 뛰어다니고, 둘째도 뛰어다니지만 아빠는 여전히 누워계신다. 내가 걱정할 수 있는 것은 어쩌면 비극이 아닐 수도 있다. 도대체 어떻게 이런 일이 일어날 수가 있지? 뒤통수 맞듯 상상도 못했던 일이 일어났을 때 비극은 시작되었다. 미리 뒤통수 맞을 일까지 걱정하며 살지 말아야지.

엄마란 존재는 아이에게 세상을 보는 눈이다. 아이들을 따뜻한 세상으로 안내하고 싶다면, 세상이 따뜻하다는 믿음을 주어야 한다. 부족한 나여도 나는 아이들에게 세상의 우주이고, 마음껏 쉴 수 있는 곳일 테다. 호락호락하지 않은 이 세상 아직 내 품에 있을 때라도 편히 쉴 수 있도록 편안하게 품어주는 엄마가 되자. 마음껏 비빌 언덕이 되어주자.

내가 망한 이유를 귀인 이론으로 분석해보다

나는 아이들 앞에서 핸드폰을 내려놓기로 다짐했다. 그러나 망했다. 아이 앞에서 내내 핸드폰을 사용하고 말았다.

책 《불행 피하기 기술》에서는 "자신만의 블랙박스를 만들어라" 라고 조언한다. 항공분야의 모든 지식, 모든 규칙, 모든 절차는 누군가가 어디선가 추락했기에 존재한다. 모든 추락은 비행을 더 안전하게 만들어준다. 간혹 추락하는 것은 괜찮다. 중요한 것은 추락의 원인을 알고, 그다음부터 그것을 반복하지 않는 것이다. 나도 반복 실패하지 않기 위해, 원인을 분석했다.

와이너(Weiner)의 귀인 이론은 성공과 실패의 원인을 어디에서 찾고 있는지에 관해 설명한다. 귀인의 특성은 세 가지로 분류할 수 있다. 기억해두면 우리 아이가 시험을 망치고 한탄을 할 때 이렇게 생각해보라고 조언할 수 있다. (음, 아니요. 시험 망친 아이에게는 조언 자체를 안 하는 것이 제일 나을 것 같네요)

1. 내부 / 외부

어떤 행동의 원인이 본인 내부에 있는지, 외부에 있는지 따지는 것이다. 시험을 망친 학생, 그 원인이 컨디션이 나빴기 때문이라고 한다면, 내부 요인이다. 운이 없어서 라고 생각한다면 실패의 원인을 외부로 돌리고 있다.

2. 안정적 / 불안정적

안정적 요인이라는 것은 앞으로 변화될 가능성이 없다는 뜻이다. 변한다면 불안정 요인이다. 안정 요인보다는, 변할 수 있는 불안정 요인을 원인이라 생각하는 편이 더 바람직하다. 능력은 안정적 요인이다. 능력은 빠른 시간에 가질 수 있는 게 아니다. 노력은 불안정 요인이다. 다음 시험에 변할 수 있다.

3. 통제 가능 / 통제 불가능

자신의 힘으로 통제 가능성이 있는지 없는지를 살펴보는 것이다. 노력은 나 스스로 통제 가능한 요인이지만, 시험의 난이도는 내가 통제 불가능한 요인이다.

수학시험을 망치고 투덜거리는 아이, 무슨 투덜거림이 가장 적절한 걸까?

- 나는 능력이 부족해요. 수학 머리가 없나 봐요.
- 내가 이번 시험에 노력을 안 했어요.
- 수학 시험이 너무 어려웠어요.

당연히 노력을 안 했기 때문이라고 하는 아이가 앞으로의 성장에 긍정적인 영향을 미칠 가능성이 높다. 노력이란 내적/불안정/통제 가능한 요인이다.

참고로 어떤 상황의 이유를 내적/안정적/통제 불가능 요인으로 귀인하고 있는 학습된 무기력을 최악의 상황으로 본다. 반복된 실패 경험으로 인해 내가 어떠한 일을 해도 절대 안 될 것이라는 패배감이 쌓여 있는 상태다.

슬프지만 요즘 젊은이들 사이에서 유행하고 있는 '이생망(이번 생은 망했어)'과 일맥상통하는 개념이다.

귀인 이론에서는 성공 및 실패의 원인을 외적 요인보다는 내적 요인에, 안정적 요인보다는 불안정적 요인에, 통제 불가능 요인보다는 통제 가능 요인에 귀인할 때 동기가 증가된다고 한다. 사고의 방향을 바람직한 귀인 성향으로 바꾸어야 한다. 훈련이 필요하다.

'아이들 앞에서 핸드폰 하지 않기'가 실패했던 원인도 돌이켜보았다. 생리전 증후군, 중고 발레복 구매, 아이들이 아파서 내 시간이 없을 때 핸드폰을 내내 손에 잡고 스스로 통제하지 못하고 무너졌다. 나 스스로의 힘으로 통제 가능하고 변화될 수 있도록 생각을 바꾸어보자. 이생망이라고? 흥! 아니다. 내 인생은 나 스스로 변화시킬 수 있다.

피하고 싶더라도 한 달마다 찾아올 생리전 증후군을 조절하기 위해 달맞이꽃 종자유를 구매했다. 중고 발레복을 구매하려는 생각도 버렸다. 나의 빅 사이즈는 희귀템이라 파는 사람도 드물었다. 예전 다짐 그대로, 갖고 싶은 발레복은 직접 눈으로 보고 사기로 마음먹었다. 아이들이 아플 때는 쉴 시간이 없다. 지칠 대로 지친 엄마는 즉각적인 재미를 찾게 된다. 아이들이 아픈 것은 외적인 요인이고, 통제 불가능한 요인이라 어쩔 수 없는 걸까? 그러면 나는 다음에 아이들이 아플 때, 또 무너질 텐가?

혹시 이 모든 상황에서 내가 몰랐던 공통점은 없을까? 아! 나는 그때마다 책을 읽지 않았다. 생리 전에 축축 늘어진다고 누워서 책은 멀리했고, 중고 발레복에 눈이 멀어 책을 멀리했다. 아이들이 아플 때는 책 읽을 정신이 더욱 없었다. 이래서 하루라도 책을 읽지 않으면 입에 가시가 돋는다는 말이 있나 보다. 무릎을 탁 쳤다.

책을 읽지 않아서 나는 아이 앞에서 스마트폰을 손에 들고 말았다. '책을 읽는다'는 내적/불안정/통제 가능한 요인이다. 귀인 이론에 따라도 바람직하다.

나는 책을 멀리하면 와르르 무너진다. 시간이 있고 정신적 신체적으로 여유가 있을 때가 아니라, 어떠한 상황이라도 책을 잠시라도 봐야 나는 그나마 무너지지 않나 보다. 지치더라도, 힘든 상황이라도, 즉각적인 재미가 당기더라도 일단 책을 읽어보자.

나란 인간,
역시는 역시인가

작년의 나는 내가 기특했다. 발레가 끝나고 땀을 씻어내고 진득한 콜라겐 팩을 얼굴에 잔뜩 바른 뒤, 커피나 차를 마시며 책을 읽으면 행복했다. 얼굴, 몸매, 내면이 다 채워지는 느낌이랄까. 내가 나를 챙기는 느낌이었다.

수다로 소비되고 비워지는 느낌과 달랐다. 나도 외향적인 사람이라 타인과의 대화가 무척이나 즐겁다. 그럼에도 때로는 지쳤다. 분명 즐거웠지만 실컷 웃고 귀가할 때면 가뜩이나 깊은 내 팔자주름이 한층 더 깊어지는 것 같았다.

주 1회 모임이라는 스스로의 규칙을 대부분 지키며 혼자 있고 싶은 나와 다른 사람들과 함께 어울리고 싶은 나 사

이를 조절했다. 핸드폰도 많이 내려놓았다. 책도 꽤나 읽었다. 살도 빠졌다. 글도 쓴다. 난 달라졌다. 나에게 잘 맞는 방법을 찾아서 스스로를 챙기는 내가 좀 멋있다.

독감에 걸렸다. 격리를 위해 방에 혼자 틀어박혀 시간을 보냈다. 드라마 〈도깨비〉를 다시 보기 시작했다. 핸드폰, 이어폰, 도깨비와 함께 1주일의 격리가 끝났다. 그러나 격리기간이 끝나고도 손에 핸드폰이 붙어버렸다. 툭하면 또 핸드폰을 손에 든다. 애들 앞에서도 손에 핸드폰을 붙들고 있다.

교원임용시험을 준비하며 컴퓨터를 끊을 때는 끝이 있었다. 시험이 끝나고 나서는 컴퓨터를 실컷 보며 당겼던 고삐를 풀 수 있었다. 막살아도 되는 기간이 있었다. 이놈의 핸드폰 내려놓기는 끝이 없다. 핸드폰이 손에 다시 붙은 나는 〈사랑의 불시착〉을 챙겨본다. 〈시크릿가든〉의 김주원의 매력에 뒤지지 않는 리정혁 동무는 깍 소리가 나게 멋있다. 하염없이 주요 장면을 다시 본다. 멋있어서 팔딱 뛰겠다. 주책바가지 내 가슴이 봄처녀처럼 콩콩댄다.

아이들의 방학기간이 되자 나는 더욱 흔들렸다. 내 시간이라고는 도무지 없다. 아이들 밥 셔틀, 간식 셔틀로 발에 땀나게 돌아다닌다. 아이들을 재울 때면 흐느적흐느적 피곤해서 쓰러지기 직전이다. 잠 좀 자자고 애들을 다그쳐서 재운다. 피곤하다.

아이들이 잠이 들면 나만의 자유시간이다. 잠이 달아난다. 눈이 번쩍 뜨인다. 낮 동안 힘들었던 것을 보상이라도 바라는 듯 핸드폰을 손에 든다. 여행지에서 만나는 조식 뷔페 시간과 비슷하다. 크게 별 색다른 메뉴도 없고 그다지 맛있는 것도 아닌데 빼먹을 수는 없게 되어버렸다. 난 핸드폰 중독자로 컴백했다. 온갖 드라마들을 다시 본다. 10년 전 좋아하던 드라마도 찾아본다. 앗, 남편이 스타크래프트 10년 넘게 또 본다고 내가 지난번에 뭐라 했던가. 그거 나 아니다. 본거 또 보고, 한 거 또 하는 것 재밌다. 난 〈사랑의 불시착〉의 주요 장면을 보고 〈도깨비〉와 〈마이걸〉을 거치고 심지어 〈왔다! 장보리〉까지 다시 보고 있다. 난 역시 그렇게 생겨 먹었나 보다. 책은 손에서 버렸다. 핸드폰이 더 재밌다.

연말 연초가 깔끔하게 망해버렸다. 핸드폰이 손에 붙은 나는 정신없이 먹는다. 하나만 망했으면 아쉬움이라도 있을 텐데 모두 다 망해서 아쉬움도 없다.

다시 핸드폰 중독자로 한 달간 살아온 내가 아무리 돌이켜봐도 지금의 나는 행복하지 않다. 내 삶은 핸드폰 속 보다 평범하고 지루하다. 핸드폰 속 세상을 구경하다 보면 내 삶도 무엇인가 멋지고 놀라운 일이 펼쳐질 것만 같은데 평범한 내 삶은 지루하다.

정신 차리자.

오늘의 내가 늦게 자면 내일의 내가 힘들다

나와 가까운 그녀는 투덜거렸다. 엄마가 해내야 하는 무한대에 가까운 수행과제를 버거워했다. 힘들다는 말을 주제로 다양한 사례를 들어가며 한 말 또 하기 신공까지 발휘하고 있었다. 그놈의 끝도 없는 밥, 청소, 아이들 돌보기. 똥은 하루 안 싸고 넘기기도 하는데 먹는 것은 왜 돌아서면 또 밥시간인지를 모르겠단다. 웃으며 공감하면서 "그래, 엄마는 참 힘들긴 하지" 고개를 끄덕거렸다. 하지만 그녀의 말을 듣다가 음, 이건 좀 아닌 거 아닌가? 싶은 부분이 있었다.

그녀는 어젯밤 아이들이 잠든 황금 같은 자유 시간에, 아이들이 좋아하는 어묵볶음과 메추리알 조림을 후다닥 끝냈다고 한다. 대충 간장과 설탕만 넣으면 맛이 보장되는 요리를 끝내고 마음이 든든했단다. 내일 아침은 시리얼이 아니라 뜨끈한 밥을 먹여야지 싶어서. 그러다 최근 키가 부쩍 큰 아이들 옷과 속옷 몇 가지를 구매하다 보니 한 시간이 지나가 버렸단다. 잠도 훌쩍 달아났겠지. 처음 재운 그 자세에서 몸부림치다 바뀌어버린 아이의 자세를 보니 괜히 웃음이 나서 그녀가 웃었다. "맞아, 아이의 눈 감은 자태만큼 예쁜 것이 세상에 있을까?" 모성애가 솟아나지. 그녀의 말에 맞장구쳤다. 고요한 밤은 엄마라면 누구나 조금 더 누리고 싶은 순간일 것이다. 엄마라서 행복하다. 잠이 달아난 그녀는 습관적으로 핸드폰을 만졌다고 한다. 별달리 한 것도 없는데 유튜브 속을 헤매다 시간을 보니 세 시가 넘어서 서둘러 잠을 청했으나 아무리 뒤척여도 잠이 쉽게 들지 않았다. 그녀는 언제 잠이 들었는지도 정확히 모르겠다고 했다.

아이들이 시끄럽게 그녀를 깨웠다. 눈은 떠지지 않고 여

고생으로 돌아간 듯 "5분만 더"를 외쳤다. 아이들은 언제 나처럼 쫑알쫑알 이야기를 했을 뿐인데도 시끄럽다며 엄마 잠 좀 더 자고 싶다고 툴툴거렸다. 어기적어기적 걸어 나와 안 떠지는 눈을 치켜뜨고 어제 해둔 반찬에 국을 데워 밥을 차렸다고 한다.

"엄마, 시리얼~."

"…."

요즘 변비가 생겼으니, 오늘 아침은 밀가루보다는 밥을 먹자고 설득했으나 통하지 않았다.

"안 돼. 밥 먹어야 해."

설득이 실패하자 결국 우격다짐으로 강요했다. 억지로 원치 않는 밥을 먹는 아이는 좋아하던 어묵볶음도, 메추리알도 먹지 않고 시위하듯 돌 씹는 표정으로 흰쌀밥만 씹어 댔다.

그녀의 마음속에서 부아가 치밀었다. 너 배고플까 봐 주는 밥이고, 건강하라고 밥을 먹이는 거라며 그럴 거면 먹지 마! 짜증 섞인 말을 내뱉었다. 결국 즐거운 아침식사 대신 눈물 섞인 밥을 씹어 삼키는 행위로 식사를 마무리했다.

그녀는 기분이 나쁘고, 밥을 먹이고 싶은 엄마 마음도 몰라줘서 속상하고, 화를 내버린 스스로도 싫다고 기운 빠진 목소리로 이야기했다.

"그래, 엄마 역할 정말 힘들지. 그렇지만 아침에는 그냥 시리얼 주지 그랬어. 왜 네가 늦게 자놓고 애들한테 화냈어."

맞다. 차라리 기분 좋게 시리얼을 먹였어야 했다. 아이는 돌이켜봐도 아무 잘못이 없다. 괜히 늦게 잔 엄마가 눈뜨는 순간부터 불쾌함을 쏟아냈다. 아이는 먹고 싶은 것을 요구했고, 거절당하자 기분이 나빴을 뿐이다. 아침의 비극은 엄마의 피곤 때문이다.

엄마가 먼저 일어나서 아침을 준비했다면 밥 냄새에 밥을 맛있게 먹었을 테고, 그럼에도 시리얼을 택했다면 뭐 할 수 없지 내일 아침은 밥으로 시작하자 하며 줄 수도 있었을 것이다. 뭐 그리 건강식 10첩 반찬을 차린 것도 아니면서 왜 그랬는지 모르겠다.

눈치를 챘겠지만 부끄럽게도 내 이야기다. 3인칭 시선에서 바라보니 그녀는 본인의 피곤함으로 눈뜨는 순간부터 밥 먹는 순간까지 아침의 시작을 줄곧 짜증으로 맞이했다.

“오늘의 내가 늦게 자면, 내일의 내가 힘들다.”

커피 한 잔에 피곤함이 달아나던 젊은 몸이 아니다. 이번 달에 긁은 카드 값만 다음 달에 갚아야 하는 것이 아니라 밤에 자지 않고 놀았던 에너지만큼 다음날 내가 피곤하다. 에너지도 어젯밤 가불한 것이다. 특히 에너지 지수는 나이가 들수록 배신을 한다. 에너지 지수가 100에서 99, 98로 서서히 깎이면 좋을 텐데 그렇지가 않다. 바꾸기 직전 핸드폰의 배터리와 같다. 100, 99, 98… 서서히 줄어들다가 50프로 정도 남았을 때는 기하급수적으로 배터리가 줄어들어 금세 5프로 남았다며 핸드폰이 깜빡이는 것처럼 나의 에너지도 마찬가지다. 자지 않으면 에너지가 100에서 시작하는 것이 아니라 50에서 시작한다. 곧 에너지는 방전 직전이라며 머릿속에서 알람이 울릴 테다.

오늘의 내가 늦게 자면, 내일의 내가 힘들다. 잊지 말자. 잊지 말자.

불안도 나눌수록 커진다

코로나 바이러스가 한국 전체를 멘붕으로 빠트렸다. 바깥으로 툭하면 뛰쳐나가고 싶어 하는 아이들을 어르고 달래고, 코로나 바이러스라는 무서운 것이 우리 동네에도 있다고 협박도 해가며 감금생활이 시작되었다. 예상치도 못했던 바이러스의 공격과 엄마! 엄마! 하루 종일 쉴 새 없이 불러대는 엄마 공격에 나의 멘탈은 쩍쩍 금이 가기 시작했다. 왜 장난감의 일부가 없는 일이 울고불고 꺽꺽 넘어가면서 온 집안을 뒤져야 하는 일인 것인지 내 상식으로 이해가 안 되지만 머릿속으로 혼자 노래를 불러가며 여러 상황을 견디고 있다. (이럴 때 누군가는 '링딩동' 후렴구를 부르면 기분이 나아진다고 했어요. 저는 '홍보가 기가 막혀' 라는 예전 노래를 마음속으로 부르면 효과가 있더라고요. 홍보가 기가 막혀. 홍보가 기가 막혀. 홍보가 기가 막혀~)

넘쳐나는 아이들과의 시간에 행복해서 눈물이 나올 지경이다. 이래서 '행복한 눈물' 이라는 그림도 있나 보다. 그림 속에 팔자주름 좀 더 팍팍 그려 넣고 눈 밑에 다크서클 진하게 더 그려 넣으면 딱 내 모습일 듯하다. 나는 염소 소리처럼 기력이 달달 딸리지만 아이들의 에너지는 끝이 없다. 끝없이 신나게 놀다가 끝없이 싸운다. 오늘만 해도 반성의 자리에 열 번도 넘게 다녀왔다.

나는 세상과 소통할 수 있는 제일 쉬운 도피처로 떠난다. 스마트폰을 붙든다. 확진자 동선을 보다 지역 맘 카페를 뒤적인다. 별 말 없던 단체 채팅방에서도 난리가 났다. 누구보다 불안함이 많기로는 절대 뒤지지 않는 나는 확진자 현황과 최신 정보 습득에 열을 냈다.

기쁨도 나누면 배가 되지만 불안도 역시 나눌수록 커진다. 이야기할수록 난 더 불안해졌다. 문득 첫째가 처음 어린이집을 가기 시작했을 때 수족구, 장염, 독감 같은 주변 아이들의 전염병에 예민하게 반응하며 불안해하던 과거의 내가 떠오른다. 그때는 서로 공유하는 것이 빠른 대처로 이어질 것이라 생각했다. 공유해주는 친구들이 고마웠고, 나도 그날그날 아이 상태를 하나하나 공유했다. 솔직히 주변에 전염병이 있는지 곤두선 채 감시했던 것 같다. 신경을 쓴다고 큰 도움도 못 되면서.

이제야 지나고 보니 굳이 옆집 아이가 수족구임은 몰라도 되었던 것 같다. 어떤 아이는 수족구에 약한 아이가 있었고, 어떤 아이는 다른 전염병에 약한 아이가 있었다. 어차피 아이들이 열이라도 나면 바로 아이를 업고 소아과로 득달같이 달려갈 나였다. 굳이 타인의 전염병 진행상황을 알고 다음번에는 왠지 우리 아이가 아플 것 같은 불길한 예감에 빠진 채로 계속 불안해할 이유는 없었다. 처음이라 더 어렵고 아무것도 몰랐던 첫째 때와는 달리 둘째가 어린이집에 다닐 때는 같은 반 친구가 어디가 어떻게 아픈지를 서로 공유하지 않았다. 신기하게 다들 둘째, 셋째 아이들로 구성된 반에서 엄마들은 무덤덤했고 덕분에 쫄보인 나도 평온했다.

지금의 나는 코로나 바이러스 현황을 굳이 검색하고, 다른 글들도 또 찾아보고 스트레스를 받고 있다. 종일 똑같은 내용과 비슷한 화면을 보고 있다. 눈이 침침하다. 전염병을 걱정하다 노안이 먼저 다가올 것 같다. 지금도 집에 있을 거면서 왜 나 확진자 동선을 달달 외우고 있지? 맘 카페에서 불안해하는 글을 읽으며 내가 더 불안해하고 있다. 나 왜 읽지?

코로나바이러스는 첨이고 이렇게 긴 시간을 바깥에 나가지도 못하고 아이들과 부대끼는 답답한 상황이 처음이라 힘들다. 속이 답답해서 스마트폰을 붙들고 이것저것 찾아보고 나면 속이 한층 더 답답해졌다. 이제 남은 격리 기간은 흔들리지 말고 버텨보기로 한다.

다행히 우리 아이들은 핸드폰 하는 엄마 모습을 아직 대수롭게 생각하지 않는 것 같다. 책 읽는 척하며 몰래 스마트폰 보는 비겁한 행동도 그만해야지. 내가 이놈의 다짐을 또 한다. 반복되는 다짐이 이제 글을 보시는 분들도 지겨우실 것 같다.

이번에는 스마트폰 중독 방지 앱을 깔았다.

1. forest 앱

정한 시간만큼 스마트폰을 멀리하며 나무를 키우는 거다. 내가 30분을 스마트폰을 하지 않기로 다짐했으면 그 시간을 지켜야 나무가 자란다. 지키지 못하면 나무가 죽는다. 예전 '타이니 팜' 이라는 게임을 하는 것 같다. 나만의 숲을 꾸민다. 그러나 나무를 죽이면 뭔가 슬슬 죄책감도 든다. 그러기에 시간 설정을 점점 피하게 된다. 나에게는 잘 맞지 않는 듯하다.

2. 타임스프레드

아무 설정을 하지 않아도 스마트폰을 안 쓴 시간만큼 돈으로 돌려준다. 15분에 1원씩 모인다. 이 앱을 깔면 배경화면에 돼지 한 마리가 잠을 자고 있다. 15분간 정지화면 잠금을 풀지 않으면 돼지 옆에 1이라는 숫자, 30분간 잠금을 풀지 않으면 2가 생긴다. 그것을 터치하면 내 돈이 늘어난다. 꽉 잠금 모드 (성공하면 랜덤 선물박스, 실패하면 내 돈 깎이기)를 설정하면 겨우 모은 내 돈이 아까워서 잠금을 풀지 않게 된다. 자기 전에 설정하기 좋다. 이거 좀 괜찮다. 1원이라도 즉각적인 보상이 눈에 보이니 좀 신난다. 나도 5,000원이 넘는 돈을 금세 모았고, 이 돈으로 스타벅스 쿠폰 같은 것들을 구매할 수 있다.

둘 다 안드로이드만 가능하다. 타임스프레드로 꼭 스타벅스 쿠폰을 사서 커피 한잔 해야지. 꿀맛일 듯하다. 그전에 다시 커피숍을 갈 수 있는 날이 어서 돌아오길 바란다.

정지 신호가 없는 세계

최근 화제의 책인 《포노 사피엔스》를 읽고 고민이 많다. 작가인 최재붕 교수님은 위험하지만 배워야 한다고 했다. 언제, 또 어느 곳에서든 결국에는 게임문화에 노출되기 마련이니 무조건 못하게 하기 보다는 적절히 잘 절제하게 하는 것이 필요하다고 말했다. 부작용만 생각하다 새로운 산업과 일자리를 만드는 기회를 놓칠 수 있다고 엄중히 경고했다.

생각이 많아진다. 내가 오히려 너무 쉬운 길을 택한 건가? 적절히 사용하는 것은 안 사용하는 것보다 분명 더 어렵다. 라면도 한 젓가락 먹는 것이 더 힘든 법이다.

나도 우리 아이들이 살아갈 문명의 눈높이에 맞춰야 되는 건가? 스마트폰의 부작용이 크다고 아이들로부터 최대한 멀리하려고 시도하는 내 노력들이 어쩌면 혁신의 힘은 무시하고 더 크게 자랄 아이들을 고작 나 정도밖에 자라지 못하도록 가두는 일은 아닐까? 산업혁명시대, 성난 노동자들이 기계를 부수던 러다이트 운동처럼, 시대 변화를 수용 못하는 한심한 형태일까? 오히려 언젠가 무방비로 노출될 것이니 어릴 때부터 유튜브를 조금씩 보여주며 절제를 교육시키는 것이 바른 교육의 방향은 아닐까.

나는 고인물이다. 나의 직업도, 내가 접하는 세계도 지극히 정적이다. 익숙하지 않은 일에 도전하는 것을 두려워하는 세계 속에 있다. 내가 자그마한 우물 속에서 나의 세계를 지키겠다며 최선을 다하지만 폭풍우는 절대 막을 수 없는 우물 안 힘없는 개구리 같은 모습일지도 모른다.

전 국민이 일상 속 작은 행복을 찾자며 유행처럼 소확행을 강조하고 있다. 스마트폰을 손에 붙들고 구경하는 것이 연예인들과 인플루언서들의 화려하며 영향력 가득한 삶이라면 본인의 평범한 삶 속 작은 행복에 진정한 의미를 부여할 수 있을까. 오히려 작은 행복조차 느끼지 못하도록 그 순간도 핸드폰을 부여잡고 있는 것 같다.

자존감을 높이기 위해 나를 사랑해야 한다고 한다. 남들과 비교하지 말자고 한다. 진정 비교하지 않을 자신이 있을까? 핸드폰 속 화면은 나보다 예쁘고 젊고 부유하다. 어른인 나도 줏대를 지키기 힘들다. 어린아이들은 오죽할까.

Yesterday is history

Tomorrow is a mistery

Today is a gift

That's why it is called 'the present.'

- Bil Keane

무엇보다 스마트폰 속 세상을 구경하다 선물 같은 현재의 시간을 갉아먹는 것은 정말이지 싫다. 테드 강의에서 아담 알터(Adam Alter)는 소셜 네트워크, 웹 브라우저, 뉴스와 같은 전자기기 속의 매체에는 정지신호가 없다고 경고했다. 정지신호란 다른 일로 넘어가라고 알리는 신호다. 신문을 읽는다고 하면, 결국에는 마지막 장에 도착해서 신문을 접게 된다. TV를 보면 결국 쇼는 끝이 난다. 하지만 트위터, 인스타, 인터넷 뉴스는 정지신호가 전혀 없다. 온갖 다른 소식을 확인하다 보면 그냥 계속해서 쭉 하게 된다. 성인인 나도 잠시 스마트폰으로 휴지만 사려고 했는데 두 시간 넘게 핸드폰을 붙들고 있다. 핸드폰 사용 후에는 나는 도대체 이렇게나 오래 뭐했지? 자기혐오를 불러일으키는 공허한 피로감이 남는다.

내가 기계치인 이유가 어릴 때 컴퓨터를 배우지 않아서는 아닐 것이다. 나는 그냥 기계 자체에 흥미가 없는 사람이다. 일찍부터 아이들에게 스마트폰 세상을 접하게 하는 것이 어쩌면 별로 의미가 없을 수도 있다.

스타크래프트 게임은 왕년에 인기 최고였다. 많은 젊은이들이 수십 시간을 스타크래프트에 공을 들였지만 누구나 프로게이머가 되지는 못했다. '지니어스' 라는 프로그램에 프로게이머 홍진호가 출현했다. 수학을 좋아했다는 그는 비상한 머리와 멋진 접근법으로 여러 문제들을 해결하고 우승을 차지했다. 홍진호가 최고의 프로게이머로 한 시대를 풍미한 것은 그가 단순히 게임을 많이 해서는 아닐 것이다. 오히려 사고 능력의 개발이 핵심 아닐까? 게임을 아무리 일찍부터 접하더라도 대부분의 사람들은 단순히 게임 소비자에 그칠 것이다.

아무리 핸드폰 속에 기회가 많더라도 아직은 책이라고 결론지었다. 일단 내가 좋아하는 것은 무엇인지, 어떤 것들이 앞으로 더 인정받을 것인지 파악하고 최소한 머리라도 좀 쓰고 사는 사람으로 성장하는 데에 아직은 책이 더 낫지 않나 생각된다.

3살짜리 아이에게 핸드폰을 쥐어주며 어차피 이 아이는 핸드폰을 평생 사용할 세대라며 합리화하는 것은 부모의 핑계 아닐까? 아이는 물론 결국에는 핸드폰과 인터넷의 세계에 들어오겠지만 절제력, 자기 제어 능력은 그전에 만들어져야 한다고 생각한다.

핸드폰 속 방대한 자료는 검색하는 능력을 갖춘 사람들, 미래를 읽을 수 있는 사람에게 엄청난 기회일 것이다. 하지만 커피도 적당히 마셔야 일상에 활기를 얻듯이 적당히 사용하는 자제력은 사용자의 몫이다. 미래를 읽는 능력 또한 일단 어느 정도 사고력이 성장해야 한다. 그 능력은 핸드폰 속 세상을 구경해서는 오히려 갖추기 힘들지도 모른다. 미디어가 전두엽의 발달을 저해한다는 의견은 이미 많다. 스티브 잡스, 빌 게이츠도 홍대리보다 더한 독서천재로 유명하다.

물론 꼰대인 내가 고민해봤자 답정너(답은 정해져 있고 너는 대답만 해)인 것 같다.

스마트폰이 왜 중독인가요? (ft. 고등학생)

현재 고2 담임, 고3 담임 그리고 육아휴직 중인 나, 이렇게 발령 동기 셋이 모였다.

요즘 고등학생들은 핸드폰 중독에 대해 어떻게 생각하느냐고 물었다. 학생들은 애당초 핸드폰을 중독의 대상으로 여기지 않는 것 같다고 대답했다. 학교에서는 교육청 의무 사항이기에 종종 핸드폰 중독 관련 교육을 받는다. 학생들은 핸드폰이 나쁜 게 아닌데 왜 중독이라고 부르냐고 묻곤 한단다.

담배, 마약은 인체에 악영향을 끼치니 중독이라고 부른다. 그러나 샐러드를 좋아하는 사람을 채소 중독자라고 부르지 않는다. 물을 자주 마시는 사람을 물 중독자라고 하지 않는다. 학생들에게 핸드폰이야말로 매일 섭취하는 물과 채소와 같이 함께 하는 일상인데 왜 중독의 대상으로 분류하는지 의문이란다.

학생들은 시험기간이 되면 유튜브에서 실시간으로 공부하는 채널을 틀어놓고, 고시 준비를 하는 고시생들과 함께 공부한다. 공부 고수들이 자신의 공부에 집중한 모습을 그저 구경하며 '따로 또 같이' 공부한다. 점심시간이나 화장실에 갈 때는 자막으로 "화장실 갑니다" 라는 글이 뜬다고 한다. 중계자는 아무 말 없이 조용히 카메라 앞에 앉아 다시 자신의 공부를 하고, 학생들은 그들을 보며 자극도 받으며 본인의 공부에 빠진다. 백색소음이나 장작 타는 소리를 들려주는 곳도 있다. 우리 시대의 집중력을 높여준다던 '엠씨스퀘어'가 업그레이드된 버전인가 보다.

등교 준비를 할 때도 친구에게 영상통화를 걸어서 친구는 뭐하는지 지켜보면서 준비를 하는 것이 유행이란다. 서로 바쁘니 말도 그다지 안 한다고 한다. 내가 볼 때는 대화도 안 할 텐데 도대체 영상통화를 왜 하는지 도통 의문이지만 10대들에게는 그게 문화란다. 핸드폰은 그저 당연히 켜놓는 존재라고 했다. 시계가 당연히 거실에 걸려 있는 것처럼 그들에게 스마트폰이란 사용하고 있는 것이 당연한 것이다. 수업시간에 몇 명이나 일어서서 핸드폰 충전기를 플러그에 꽂고 온다. 왜 이 행동을 어른들이 지적하는지 이해하지 못한다.

함께 30대 후반이 된 나의 동기 교사들은 이제야 아이들과 확실히 세대차이가 난다고 했다. 우리는 꼬장꼬장한 기성세대다. 특히 핸드폰을 무분별하게 사용하면, 장점은 빛이 바래고 단점이 크게 남을 수도 있다고 생각하는 나는 그들에게 말조차 안 통하는 꼰대일 것이다.

아이들을 어떻게 키울 것인지가 고민이다. 우리 아이들이 10대가 되면 스마트폰은 공기와 같은 존재가 될 것이다. 아이가 핸드폰 중독에 빠지지 않았으면 하는 나의 바람 때문에 그 세대의 놀이 문화와 삶에서 벗어나서 다른 모습으로 살아가도록 유도하는 것이 과연 아이를 진정 위하는 행동인 것인지 고민이다. 나에게는 별 의미 없어 보이는 것도 아이들에게는 중요할 수 있다. 그 시절 나의 전부였던 H.O.T. 오빠들처럼.

최대한 아이들에게 스마트폰을 사주지 않으려고 했다. 2g 폰을 사주려고 했다. 좀 더 느리게, 눈앞에 있는 현실의 삶을 살았으면 했다. 스마트폰의 화려한 세상 속을 구경하다 어린 마음에 비교 지옥에 빠지는 것도 걱정이 된다. 하지만 아이가 친구와 어울리지 못한다면? 인기 있고 교우관계 원만한 아이로 성장하길 바라면서 스마트폰은 아니라는 나의 행동은 마치 살쪄서 미우니 살 빼라고 잔소리하면서 "이것도 먹고 저것도 먹어봐" 라고 하시던 친정엄마의 행동보다 더 큰 모순은 아닐까?

아, 모르겠다. 그럼에도 불구하고, 나는 우리 아이들이 스마트폰의 단점을 극복할 수 있도록 끊임없이 노력할 것이다. 빌 게이츠, 스티브 잡스도 아이들 스마트기기 제한을 위한 노력을 했다. 내가 그들만큼 능력 빵빵 부모는 못되더라도 이 정도 노력은 나도 할 수 있다. 스마트폰이 주는 편리함이란 장점은 취하되 우리 아이들 시간 잡아먹는 괴물로 돌변하지 않도록 관리할 것이다. 먼저, 나부터 시간 활용을 잘하는 모범을 보여줄 테다. 엄마 먼저, 핸드폰을 꼭 필요한 순간에만 사용할 테다.

"사랑하는 딸, 아들♡
엄마도 실은 핸드폰 속 세상이 참 재미있어. 하지만 현실에서도 재밌는 거랑 해야 할 것들이 많아. 너희가 핸드폰 속 세상을 구경하다가 진짜 소중한 것들을 놓칠까 엄마는 그게 걱정이 돼. 엄마도 진정 소중한 것이 무엇인지 깨닫고, 나머지는 어느 정도 포기하기 위한 노력을 지속하고 있단다. 너희도 같이 노력해주지 않을래? 우리 함께 핸드폰을 현명하게 사용하고 단점은 극복해보자.
5년 뒤쯤에 우리는 분명 핸드폰이 주제가 된 말다툼을 한 번은 벌이겠지? 엄마! 왜 나만! 이렇게 삐쭉대며 투덜거리는 것도 사랑스러울 것 같아. 조목조목 논리 있게 말하며 엄마에게 싸움을 걸어주렴. 그렇게 우리 싸워보자. 그날을 기다리며 엄마도 계속 공부하고, 고민할게. 무엇이 우리 소중한 아이들을 진정으로 위하는 것인지 계속 고민할게."

아이 앞에서 핸드폰 안 하기 도전 1년, 결론은 ing

2019년 7월 글쓰기 모임에 첫 글을 올렸다. 그리고 1년이 지났다.

"안녕하세요. 두근거리며 첫 글을 씁니다. 저는 얼마 남지 않은 육아휴직 기간을 좀 더 보람차게 보내기 위해 '아이 앞에서는 핸드폰 하지 않기'를 다짐했어요. 그 과정을 쓰려고 합니다. 부족한 저를 글쓰기 멤버로 받아주셔서 진심으로 감사합니다."로 시작되는 글이었다.

1년 동안 많은 변화가 있었다. 그동안 쓴 글을 모아서 출간 계약을 했다. 글쓰기 모임 인원은 열 명 정도다. 2020년에 자신의 책이 나온 사람은 벌써 네 명이다. 자신의 삶을 글로 쓰고, 책이라는 결실을 맺기도 하고, 글로 표현하는 상대방의 마음을 보는 것은 참 흥미롭다. 얼굴 아는 프라이빗 작가가 비밀스럽게 글을 써주는 느낌이다. 나의 도전 과정도 응원해주고, 글쓰기 왕초보의 책이 나오는 것을 다들 대견해하며 손뼉 쳐준다. 참 좋다.

글을 쓰는 것은 꽤나 힐링이 된다. 친구와 수다를 떨면, 듣는 사람을 위해 나의 감정의 1~10단계 중 5,6단계의 핵심 위주로 말하게 되지만, 글로는 모든 과정을 찬찬히 쓸 수 있다. 그러다 보면 스스로 마음이 정리되고, 위로도 받는다. 예전에는 억울한 일을 당하고 나면 친구를 붙잡고 수다를 떨어야 감정이 해소된다고 생각했는데, 아니었다. 글로도 위로받는다. 쓰는 과정에서도, 쓰고 나서 다른 사람이 달아준 댓글에도 마음이 따스해진다.

무엇보다 글을 쓰게 되면서 다른 사람들의 글이 재밌어졌다. '아니 어떻게 이렇게 표현을 했지? 멋지다' 라고 새삼 감동하면서, 과거엔 보지 못했던 것까지 보인다. 타인의 글이 두 배는 더 재밌어졌다. 2019년에는 매주 2권 이상의 책을 읽었다. 그냥 재밌어서 읽었다.

나조차도 글쓰기라는 새로운 취미를 갖게 될 줄 전혀 몰랐고, 이것이 책으로 나오게 될 것이라고는 생각조차 못했는데, 현실화되니 얼떨떨하다. 한 번 해볼까? 했을 때, 한 번 해봤던 나 자신을 칭찬하고 싶다. 역시 한 번 해볼까? 싶을 때는 해봐야 된다.

자, 그러면 핸드폰 내려놓기는 성공했니? 이제 핸드폰 중독자에서 벗어났니? 물어본다면 음, 글쎄요. 어렵습니다. 결론만 말씀드리자면 슬프게도 아직도 아이들 앞에서도 핸드폰을 사용합니다.

비 오려나? 확인하러 갔다가 동네 아줌마와 채팅을 하기도 하고 미세먼지 확인하러 갔다 홀린 듯 그릇세트를 보기도 한다. 너도 아직 그저 그러면서 뭔 책이냐? 비난해도 할 말이 없다. 이게 그나마 노력해서 변한 거라고 하면 역시 비겁하겠지. 이놈의 스마트폰 멈추기 정말 쉽지 않다. (도전 의지가 있으신 분들은 마음 굳건히 먹으세요!)

하지만 우리 아이들의 시선에서 핸드폰을 사용하는 시간보다는 책 읽는 시간이 많은 엄마로는 변신했다.

지인들에게 '아이들 앞에서 핸드폰 안 하기'를 도전한다고 했더니, 그러면 아이들 앞에서 어디까지 핸드폰을 할 것인지, 전화도 안 받을 거냐는 질문을 많이 받았다. 나는 예전처럼 아이들 옆에서 유튜브를 보거나 쇼핑몰을 한참 뒤적거리거나 단체 채팅을 내내 보거나, 이렇게 시간이 많이 소모되는 것에서 벗어나는 것이 목적이었고 잠깐 5분 남짓의 일들은 해도 좋다고 생각했다. 핸드폰 자체가 나쁜 것이 아니고 우리 삶을 더 윤택하게 만들어주는 것에는 의심의 여지가 없으니깐. 기술의 발달을 이용하지 않을 생각은 없었다.

스마트폰에서 한눈 파는 것을 줄이려고 노력하지만 그것이 무조건적으로 옳다고 생각하지는 않는다. 각자의 상황과 각자의 이야기가 있다. 나는 지금 스마트폰보다 아이들을 더 바라보고 싶어서 이런 노력을 하지만 친정아버지가 스마트폰을 사용하여 그 지루한 침상 생활을 조금이라도 덜 지루하게 보내시길 진심으로 기도한다. 스마트폰 사용을 모두가 줄여야 한다고 생각하지 않는다. 다만 나처럼 핸드폰 사용을 줄이기로 마음을 먹은 사람은 쉽게 줄여지지 않기에 노력이 필요하다는 것을 말하고 싶다.

아이들이 살아갈 세상은 분명 스마트폰이 지금보다 더욱 중요해질 것이다. 나는 삶이 어느 한 곳에 치우치지 않고 적절히 조화될 수 있음을 엄마의 삶으로 먼저 보여주고 싶었다. 무조건 끊기 보다, 필요한 것은 하고 필요하지 않은 것은 쳐낼 수 있으며 주체성 있게 스마트폰을 사용하는 엄마로 남고 싶었다.

여러 차례 실패를 반복하며 2g 폰으로 바꿀까? 전화와 문자만 되는 삶으로 돌아갈까? 고민한 날도 많았다. 이런 저런 시행착오를 거치며, 스스로 절대 절제가 안 되는 것이 어떤 것일까 조금 깨달았다. 유튜브에서 10분만 재밌는 동영상을 보는 것은 불가능했다. 어쩌면 사람은 그럴 수가 없을지도 모른다. 유튜브에 접속할 때는 미리 '아, 나는 최소한 한 시간을 이곳에서 보내겠구나' 각오를 한다. 무작정 유튜브에서 시간을 빼앗기는 것과 각오를 하고 시간의 여유가 있을 때 접속하는 것은 그나마 차이가 있었다.

나는 아이 앞에서 유튜브 켜지 않기, 말 많은 단체 채팅방에서는 나오기, 인터넷 쇼핑은 시도하지 않기(아이 물건 사러 갔다가도 내 것 구경으로 빠질 확률이 높다)를 지키고 있다. 나는 유튜브와 쇼핑, 단체 채팅만 하지 않아도 오랜 시간 시선을 빼앗기는 것에서는 어느 정도 벗어날 수 있었다.

칼 뉴포트는 책 《디지털 미니멀리즘》에서 사람들이 게을러서 화면에 굴복당하는 것이 아니라 기업들이 수십억 달러를 투자하여 그런 결과가 불가피하게 만들어졌음을 밝혔다. 신기술들은 행동중독을 촉발하도록 여러 측면에서 특별히 설계되었다고 한다. 앱스토어가 우리의 영혼을 노린다는 것이 농담이 아닌 시대다. 칼의 말대로 온라인에서 시간을 보낼 때 자신이 소중히 여기는 것들에 도움이 되며, 신중하게 선택한 소수의 최적화된 활동에 초점을 맞추고, 다른 모든 활동을 기꺼이 놓치는 기술 활용 철학이 필요하다. 스마트폰 세상의 가치를 무시하거나, 단점이 더 많다는 것이 아니다.

라면이 맛있어서 많이 먹어놓고, 살쪘다고 라면회사를 탓하면 안 되듯, 핸드폰 때문에 시간 뺏겼다며 핸드폰 자체를 탓할 수는 없다. 핸드폰은 앞으로도 지속적으로 이용하기 위해 관리해야 하는 대상이 되었다. 풍요의 시대지만 건강을 위해 적당히 음식 섭취를 하는 것처럼.

스마트폰 중독이 다른 중독보다 위험한 점은 도대체 무엇일까? 스마트폰은 늘 내 곁에 있기에 분명 위험하다. 컴퓨터를 켜는 정도의 노력조차 하지 않아도 되니 수시로 시간을 빼앗긴다. 항상 내 곁에서 몇 미터 이상 떨어지지 않고 존재하기에 툭하면 내 시간이 하염없이 흘러들어갈 수밖에 없는 곳이다. 스마트폰 덕분에 편리함을 얻은 대신, 끊어내는 절제는 스스로 길러야 한다. '스마트폰이란 손 안의 독약이다' 라는 말도 과하지 않다.

> "디지털 격차는 과거엔 기술에 관한 접근과 관련됐지만, 모든 사람이 접근 가능한 이제는 제한하는 것이 새로운 디지털 격차다."
>
> - 크리스 앤더슨, 기술 전문잡지 〈Wired〉 전직 편집자

결론은 ing. 금연이란 달성해야 할 목표가 아니라 죽을 때까지 욕구를 참는 거라는 말이 있다. 다이어트의 핵심도 음식 절제다. 결국에는 더 먹고 싶어도 참아야 한다.

스마트폰도 마찬가지다. 전문가들이 많은 돈을 들여서

시선을 뺏도록 특별히 설계한 이곳에서 정신을 차려야 적당한 만큼만 사용할 수 있다. 그리고 내가 언제 시간을 불필요하게 빼앗기는지 스스로를 돌아보고 아이들 앞에서라도 그곳을 피하는 노력이 필요하다. 내가 진정으로 바라는 것은 자라나는 어린아이들이 스마트폰에 멍하게 시간을 빼앗기지 않는 것이니, 엄마인 내가 먼저 아이들 앞에서는 두 배로 조심해야 되지 않을까?

나이가 지긋하신 분들이 입버릇처럼 하는 말이 있다. 아이들이 어리고 엄마 손을 필요로 하는 그때가 정말 좋았다고. 솔직히 모르겠다. 누군가가 20대의 나에게 너는 젊어서 참 좋겠다며 부럽다고 할 때는, 내가 20대임이 나도 좋았다. 지금은 끊임없이 엄마손을 필요로 하는 아이들을 돌보는 것이 정말 좋은 시기를 보내는 것인지 솔직히 잘 모르겠다. 하지만 부모가 된 지금, 언제보다도 간절히 좀 더 잘 살아내고 싶다. 그리고 좀 더 잘 살아내는 것, 현실의 가치를 깨닫는 것은 스마트폰 속 화면보다 내 곁에 있는 사람들과 시선을 맞추는 것이 그 출발점이 아닐까 생각한다.

도전! 핸드폰 내려놓기~ 골든벨!
이제 핸드폰 중독자에서 벗어났나?
결론을 말하자면,
슬프게도 아직도 아이들 앞에서 핸드폰을 사용한다.
하지만 우리 아이들의 시선에서 핸드폰을 사용하는 시간보다는
책 읽는 시간이 많은 엄마로는 변신했다.

에필로그

출간 계약을 했다. 감히 내가. 압구정에 잠깐 놀러갔다 길거리 캐스팅을 당한 연예인 지망생의 심정이 이럴까?

가만 있어도 입꼬리가 올라간다. 설레서 잠도 설쳤다. 내 책? 오 마이 갓 언빌리버블. 꺅!

부담감도 몰려온다. 기분이 묘하다. 이상한 세계로 갑자기 들어간 앨리스가 된 기분이다. 아, 맞다. 그러고 보니 《이상한 나라의 앨리스》는 수학교수가 쓴 동화랬다. 나와 수학의 수준이 전혀 다른 분이겠지만, 나야말로 이상한 책의 나라로 갑자기 풍덩 빠져버린 것 같다.

인생에서 처음 가보는 길이 두렵다. 교원평가 때 받았던 외모 비난과 인신공격성 악플도 떠오른다. 더 많은 악플이 내 인생에 꼬리표처럼 달릴 것 같은 기분도 든다. 교사로서 법에 위촉될 만한 죄를 저지른 일은 없지만 아이들 한 명 한 명에게 정성을 쏟았냐고 묻는다면 대답 대신 고개가 숙여진다.

학부모들이 선호하는 수학을 담당하는 나는 항상 담임 교사였다. 그래서 좋았지만 그랬기에 소중함을 모르고 흘려버린 인연도 많다. 첫해에 내 새끼 같던 40명, 그다음 해에 또 새로운 내 자식 35명 남짓, 이런 생활이 매년 반복되었고 20대인 내 젊음도 소중했었다. 드라마에 나오던 열정 가득 교사들의 모습은 나에겐 없었다. 또한 가벼웠다. 선생님이랑 이야기하면 동네 언니랑 이야기하는 것 같다던 제자들의 말을 그러려니 하며 웃고 넘겼다. 내가 어른으로 품어주거나, 어른다운 행동을 못했기 때문임을 이제야 알겠다.

부끄럽다. 그랬던 내가 내 아이들을 키우면서 좋은 엄마가 되려고 노력하는 글을 쓰는 게 맞나? 이기적인 거 아닌가? 가슴이 무거워졌다. 그렇지만 냉정하게 나는 엄마보다는 그나마 교사로서의 점수가 더 높을 것 같다. 솔직히 엄마로서는 더 낙제점이다.

이 책의 모든 글들은 누군가를 가르치기 위해 쓴 글이 아니고 나를 가르치기 위해 쓴 글이며, 내가 배우기 위해 쓴 글들이다. 해야 할 말만 해야 하는데 하지 말아야 할 말까지 한 건 아닌지 걱정스럽다.

물론 분명 한 번은 후회할 것 같다. 내 인생에 예정된 길이 아닌 다른 길로 갔던 것을. 그래도 안 해보는 것보단 낫겠지. 아무것도 도전하지 않는 삶을 살기는 싫다. 이대로 정년을 채우고 할머니 교사가 되는 것 말고, 이것저것 하는 할머니 교사가 되고 싶다. 그것이 나의 아이들에게도, 나의 학생들에게도 도움이 되리라 믿는다.

나는 갑자기 작가가 되었다. 글을 쓰는 것에 발을 살짝 들여놓고 보니 학교로 복직해서 쓰고 싶은 글도 많다. 수학 관련 글도 써보고 싶고, 미래 우리 반 학생들과 힘을 모아 함께 쓰고 싶은 글도 있다.

줄곧 스마트폰을 붙잡고 있다가 피곤해져 아이들에게 버럭 화를 내버리는 내가 싫었다. 남들 잘난 것 구경 말고 나도 더 잘 살고 싶었다. 그러다 용기 내서 글쓰기 모임에 가입했고, 갑자기 작가가 되었다. 스마트폰 중독에서 완전히 벗어나지는 못했지만 하고 싶은 것은 더 많아졌다.

내년엔 발레 콩쿠르도 나가서 발레 콩쿠르 역사상 최고 몸무게 갱신을 한번 해볼까? 이 몸무게로 발레 콩쿠르 나가는 사람도 필요하다는 생각도 한다. 이것저것 도전하며 살아야지. 하고 싶은 것은 하고 살 테다. 엄마로도, 나 자신으로도.

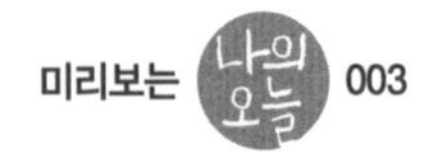

이왕 살아난 거 잘 살아보기로 했다

(장채원)

버스에 치인 31살 취준생의 유쾌명랑 마음재활 에세이

어느 날, 횡단보도를 건너다 버스에 치였다.
그날은 아빠가 간이식을 받고 퇴원하는 날이었다. 눈 떠보니 중환자실, 전신골절이라고 했다. 다행인 건지 사고 전후 한 달간의 기억을 잃었다. 살아난 건 당연한 게 아니라 운이 좋아서였다.
1년 반 동안 병원생활을 하며 20kg이 넘게 살이 쪘지만, 감사할 줄 아는 마음도 함께 얻었고, 병원이라는 작은 사회를 겪으며 마음이 단단해졌다. 그 과정에서 몸의 재활 뿐 아니라 마음에도 재활이 필요함을 알게 되었다. 한때 자살시도도 했고 우울증도 극심했었건만, 이왕 살아났으니 잘 살아보기로 했다.
온 가족이 모여 밥 한끼 먹는 일상이 얼마나 소중한지 깨닫게 되면서 엄마 아빠와도 속 깊은 대화를 나누기 시작했다.
몸과 마음이 지친 사람들에게 긍정 메시지를 전달하고 싶어 글을 썼다. 그러면서 가족과 사이가 좋아졌고, 가장 중요한 자기자신과도 멋지게 화해를 했다.
교통사고 이후, 바라는 건 오직 하나~.
몸도 건강, 마음도 건강한 귀여운 할머니로 늙어가는 것!이다.

경력전환 그녀의 슬기로운 사회생활
(김여나)

5년의 경력공백을 극복하고 다시 회사로 돌아온 김비서의 이야기

늦은 나이에 결혼하고 아이를 낳고 자연스럽게 일을 그만두었다. 육아를 하며 전공을 살려 일본어 과외도 해보고, 인터넷 쇼핑몰도 해보고, 책도 쓰고 강의도 했다. 딱히 망한 것도 없지만 그닥 성공한 것도 없다. 창업준비를 하다가 다시 회사로 돌아왔다. 그렇게 1년이 되었다. 5년 동안 아이 키우고 살림했던 모든 경험들이 새로운 사회생활을 슬기롭게 만들어주었고, 회사생활은 예전보다 더 재미있어졌다. 그래서 글을 쓰기 시작했다. 버리기 아까운, 사장님의 좋은 말씀도 기록했다.

화장기 없는 얼굴에, 목이 늘어난 티셔츠를 입고, 아이를 업고 있는 몇년 전의 많은 '나'에게 해주고 싶은 말이 많다. 당신이 업고 있는 아이가 당신을 일터로 내보낼 것이며 (나처럼), 아이와 힘들었던 시간들, 아이 덕분에 늘어나게 된 인내심 덕분에 분명 다시 일을 할 수 있을 것이다. 몸매가 이전으로 돌아가는 것은 보장할 수 없지만, 다시 화장을 하고, 예쁜 옷으로 커버할 능력을 갖추게 될 터이니 지금 그 아이와 충분히 씨름하길 바란다. 그 씨름이 당신을 선수로 만들어줄 것이다. (나처럼…) ^^